사랑한다고 말할 용기

사랑한다고 말할 용기

황선우 지음

목숨 걸지도 때려치우지도 않고, 일과 나 사이에 바로 서기

책읽는수요일
Books
on Wednesday

너무 크고 뾰족하고
울퉁불퉁한 사람들에게

추천의 글

먼 나라를 동경하기 쉬운 것처럼, 멀리 있는 사람을 동경하기는 쉽다. 어려운 것은 가까이에서 그 사람의 평소 생각, 습관, 성격, 실수 등을 모두 보면서도 그 마음을 잃지 않는 일이다. 가까워지기 전부터 나는 에디터 황선우가 쓰는 글의 팬이었다. 이제 한집에 사는 사람으로서 그 팬심은 존경심으로 확고해졌다. 직업인이자 생활인 황선우는 품위 있고 건강하며 유능하고 재미있는 사람이다. 바로 그가 쓰는 글과도 꼭 닮았다. 매일을 충실히 살아내는 황선우의 모습을 옆에서 지켜보며 많은 것을 배운다. 돈을 버는 일과 집 안을 돌보는 일, 성취감이나 보람을 느끼는 일, 건강과 관계를 관리하는 일은 모두 '일'이다. 일을 사랑하는 것은 곧 삶을 사랑하는 일과도 다르지 않음을, 나는 이 책을 읽고서야 알았다. 또 하나 알게 된 것은, 그동안 나는 일을 오해하고 있었다는 점이다. 살면서 일만큼 우리에게 뒤틀린 감정을 느끼게 하는 것이 또 있을까. 이 책은 일과 일을 둘러싼 것들을 나누어 바라보게 한다. 나는 일이 아니라 출근을 힘겨워 했고, 일이 아니라 조직 생활을 싫어했으며, 일이 아니라 일로 만나 내 영혼을 다치게 하는 사람이 미웠던 거였다. 이 책에는 일의 대체 불가능한 즐거움과 기쁨, 일과 더불어 성장하는 감각을 되새기게 하는 힘이 있다. 이게 얼마나 마법 같은 선물인지는, 책을 덮고 일을 시작해보면 알게 될 것이다.

_김하나(작가)

내게는 동생이 둘이다. 여동생과 남동생. 우리 셋은 성격도, 외모도, 인생의 방향도 제각각이지만, 첫째인 나는 두 동생에게 언제나 애틋한 마음을 가지고 있다. 나이를 먹을수록 이 마음은 점차 농도가 짙어져서, 나는 이 둘에게 조금이라도 도움이 될 것 같은 걸 발견하면 부지런히 전달하고 나눈

다. 마치 어미 새가 새끼 새들에게 먹을거리를 실어나르는 것처럼. (물론 내가 부모의 마음은 아니겠지만!)

『사랑한다고 말할 용기』를 읽으면서 나는 동생들의 얼굴을 떠올렸다. 이 책은 내가 두 동생에게 건넬 선물이 될 것이다. 운을 스스로 만드는 사람이 되려면 어떻게 해야 하는지, 자신의 존재감과 가치를 어떻게 드러내고 커뮤니케이션해야 하는지, 거절을 잘하는 사람이 되려면 무엇이 필요한지, 도움을 청하는 손을 내밀고 다시 도움을 되돌려줄 때 우리는 얼마나 강해질 수 있는지….

아무리 마음이 애틋할지언정, 나의 서투름 때문에 가족에게 제대로 전하지 못했던 '일하는 마음가짐'에 대한 이야기가 이 책에는 한가득 담겨 있다. 가족에게, 친구에게, 동료에게, 그리고 나 스스로에게 하고 싶은 이야기를 대신 해주는 책을 만난다는 것은 얼마나 큰 행운인지. 일을 통해 지금의 나를 지탱하고, 미래의 나를 더 멀리 좋은 곳까지 보내고 싶은 분들에게 꼭꼭 씹어 읽으시길 권한다.

_박소령(퍼블리 CEO)

오래 묵혀둔 장롱면허를 꺼내야겠다고 마음먹었던 순간을 또렷하게 기억한다. 소설가로 데뷔하기 전, 우연히 SNS 링크를 통해 짧은 글을 마주하면서였다. '좋은 차는 좋은 곳으로 데려다준다'는 제목의 칼럼이었다. 수년간 저어하며 미뤄온 일이었는데 그 글을 다 읽고 나자 문득, 할 수 있을 것만 같은 기분이 들었다. 그게 황선우 작가의 글이었다는 사실을 알게 된 건 그로부터 몇 달 뒤, 내가 마침내 운전대를 잡고 어디든 돌아다닐 수 있게 되었을 때였다. 그의 글은 늘 그렇다. 직업인으로서, 생활인으로서, 동시에 여성으로서 조수석이 아닌 운전석에 앉을 용기를 준다. 다른 누군가가 아닌 오직 자기 자신의 힘으로, 바라는 방향으로, 더 멀리 나아갈 수 있게 해준다. 여성의 젊음만을 유난히 칭송하고 늙음은 쉽게 조롱하는 시선이 만연한 이 땅에서 20대보다 30대가, 30대보다 40대가 더 좋았다는, 다가올 50대가 더 기대된다는 나보다 먼저 태어난 언니의 존재를, 그가 쓴 글을, 어찌 사랑하지 않을 수 있을까. 황선우 작가가 단단하게 다져온 궤적과 그것들을 부지런하고 섬세하게 기록해둔 글로

인해 나 역시 나의 일을, 나의 삶을, 그리고 느슨하게나마 서
로 연결된 우리를 사랑한다고 말할 용기를 얻는다.

_장류진(소설가)

들어가며

일과 건강한 관계를 맺기 어려운 시대다. 입사한 지 얼마 안 된 청년들에게조차 퇴사가 큰 화두이며, 일하다가 생활의 균형을 잃기 쉽기에 '워라밸'이 자주 회자된다. 진지한 태도가 오그라드는 무언가로 취급되는 분위기 속에서 자기 일에 대한 긍정보다는 일하기 싫다는 한숨이 쉽게 공감을 얻는다. 일에는 왜 유독 '목숨 건다'거나 '때려치운다'는 식으로 극단적인 표현이 사용될까? 그 양 끝 사이 어딘가에 나 자신을 지키면서 잘 서 있을 수는 없을까 하는 고민은 일을 시작한 지 20년이 넘은 지금도 계속되고 있다.

우리가 일과 맺는 관계는 사랑을 닮았다. 하루 중 많은 시간을 함께 보내며, 가벼운 애정이나 호감의 동력만으로는 유지되지 못해서 성실과 노력을 필요로 한다. 몸이나 머리를 사용하는 만큼이나 마음을 쓰게 된다. 잘 가꾸고 돌보는 과정 속에 여러 기술뿐 아니라 인격까지 성장시킬 수 있다. 시간을 충분히 들일 때 편안한 사이가 구축되지만, 당연하게 여기다가는 권태에 빠지거나 도태되기도 쉽다. 지나치게 동일시하거나 일방적인 헌신을 바치다가는 어느새 내가 사라진다. 실수나 실패 뒤에 만회할 기회를 얻기도 하나, 오래 지키려면 매번 새로워져야 한다. 지긋지긋해 하다가, 울다가, 그래도 눈물을 닦고 다시 돌아갈 곳이다.

사랑을 둘러싼 것들이 종종 그렇듯 일을 둘러싼 것들도 우리를 힘들게 한다. 누군가에게는 수직적 조직 문화가, 턱없이 적은 연봉이, 반복되는 야근이, 일터의 무례한 사람들이, 업계의 불안한 미래가, 건강 또는 가족 문제가 일과 나 사이를 훼방 놓는다. 그렇게 숱한 방해를 받기에 일에서만 느낄 수 있는 기쁨이 간혹 찾아올 때 더욱 귀하고 소중하다. 버겁게만 느껴지던 목표를 이루었을 때, 위태로운 시간을 버텨내고 나아갈 때, 동료들과 협력하여 각자 능력의 합보다 훨씬 큰일을 해낼 때의 성취감은 세상의 다른 무엇으로도 대체하기 어렵다.

오늘도 일을 하며 배운다. 일 자체를 배우며, 일 바깥세상의 흐름도 알게 된다. 나를 견디고 다루는 법을 익히는 한편으로 다른 이들을 존중하는 법을 배운다. 동료들과 부딪치고 협력하는 동안 내 안에만 고여 있지 않고 변화한다. 일하는 사람으로 살기에 조금씩 나아질 기회를 얻는다고 나는 믿는다.

이 책에 실린 글들을 쓰는 동안 나의 동거인이자 동료인 김하나 작가가 곁에 있었다. 내가 제대로 작동할 수 있도록 숱한 구멍들을 메워주는 그의 존재에 늘 감사한다. 장류진 작가, 박소령 대표의 추천사는 더없이 힘 나는 격려였다. 각자의 자리에서 단단하게 일하는 그들을 보며 나 역시 존경과 응원의 마음을 보내고 있다. 인내와 다정으로 충분한 시간을 허락해준 박혜미 편집자에게도 고마운 마음을 전한다.

내가 일하며 만난 수많은 여성들에게 일이란, 자기 삶을 책임 있게 사랑하는 방식이기도 했다. 그들에게 전해받은 용기를 독자들에게 조금이나마 되돌려줄 수 있다면 이 책의 쓸모는 충분할 것 같다.

2021년 가을,
황선우.

차례

2부_____ 넓어지는 삶

1부

일하는 마음

1 _____ 일하기

운을 만드는 사람

회사에 다니는 동안 한 해를 시작하는 행사는 시무식이었
다. 연말부터 HR 팀에서는 행사가 차질 없이 진행되도록 사
전 공지 메일을 보내곤 했다. 계열사별로 회장님의 1월 2일
건물 도착 시간과 동선을 미리 알리는 내용이었다. 그 시간
에 맞춰 전 직원이 복도에 도열해서 기다리다가, 무전 기별
이 도착하면 잡담을 그치고 자세를 바로 했다. 새로운 1년
이 시작되는 사무실에는 기분 좋은 긴장과 활력이 감돈다.
임원 전용 엘리베이터를 통해 회장님이 도착하면 한 사람
씩 악수를 한 다음, 간단한 인삿말을 듣는 게 행사의 개요였
다. 10년이 넘게 경험한 의례라 특별할 것도 없이 기억이 두
루뭉술해진 이 행사들 가운데 어느 해인가 인상적이던 한
마디의 말이 기억난다. 회장님의 스피치 내용을 요약하면
이렇다.

"여러분 새해에 복 많이 받으라는 인사를 습관적으로 합니다. 그런데 가만히 있는데 누가 와서 복을 주나요? 복이 저절로 주어지는 경우는 없어요. 우리가 새해 인사를 나눈다면 이렇게 해야 하지 않을까요? '새해 복 많이 만드세요' 하고 말입니다."

글 쓰는 일을 하면서 언제나 관습적인 언어 사용이 우리의 사고를 가둔다고 여겨왔는데, 한 해를 잘 보내라는 덕담 속에도 은연 중에 수동적인 삶의 태도가 깔려 있었다는 발견을 얻었다. 하지만 가만 생각해보면 재벌가에서 태어난 회장님은 이미 삶의 시작부터 복을 넝쿨째 받은 사람이 아닌가? 나를 비롯해 대부분의 평범한 사람들이야말로 자기 복을 어떻게든 스스로 만들어가며 살아야 한다. 게다가 1년 내내 능동적으로 노력해도 아무 성과 없이 지친다고 느낄 때가 많다. 그래서 한 해가 끝나고 또 시작될 때 우리는 너덜너덜해진 몸과 마음으로 그렇게나 사주를 보러 다니고, 타로카드의 그림을 앞에 두고서 미래를 물어본다. 지금 노력이 부족해서 힘든 게 아니라는 이야기를, 새해에는 덜 애써도 다 잘될 거라는 이야기를 누군가에게서 듣고 싶은 것이다. 힘들이지 않고서는 도무지 얻는 것이 없는 사람일수록, 가만히 있는데 누가 와서 주는 복을 바라게 된다.

나도 타로 점을 본 적이 있다. 이직을 앞두고 잘한 결정인지, 새로 옮기는 회사는 어떨지 궁금해서였다. 그때 내가 고른 카드는 '동굴 속의 은둔자'였다. 캄캄한 어둠 속에서 뭔가 연구하듯 골몰해 있는 사람의 그림이 불길하다 싶더니 옮긴 회사에서는 사무실에만 틀어박혀 줄곧 야근을 했다. 너무 잘 맞아서 야속한 타로 점이었다.

나는 촘촘하게 열심히 살아도 잘 안 풀리는데, 남들은 띄엄띄엄 살아도 큰 성공을 거두는 것 같아 보일 때가 있다. 그럴 때면 좀처럼 내 편이 되어주지 않는 운을 탓하게 된다. 에디터로 일하는 동안 성공한 사람들, 좋은 운이 함께하는 것처럼 보이는 사람들을 인터뷰할 기회가 종종 있었다. 그들의 공통점은 한 번도 실패하지 않았다는 게 아니라, 그 실패에 멈추지 않고 계속 시도를 한다는 거였다. 1세대 메이크업 인플루언서로 스타가 된 A에게 발빠르게 새로운 미디어에 적응해온 비결을 묻자 이렇게 말했다. "일단 해요. 그러고 망하면 다른 걸 하면 되니까요." 인생을 길게 놓고 봤을 때, 패션 매거진에서 인터뷰를 청하는 시점이라면 아마 그 사람들의 운이 꽤나 충만한 때일 것이다. 그들 역시 동굴 속에서 은둔하는 시기가 있었을 텐데 그런 모습은 좀처럼 세상에 알려지지 않는다.

내가 아는 친구 B는 매주 같은 번호로 복권을 산다. 내 경우 복권에 당첨되면 정말 좋겠다고 생각하며 1등에 당첨되면 돈을 쓰고 싶은 곳들도 종종 상상해보지만 귀찮아서 구매를 하지는 않는다. B가 로또 당첨자가 될 확률은 얼마나 될까? 분명한 건 내가 로또 당첨자가 될 확률은 제로라는 사실이다. 운이 좋은 사람들은 그러니까 성공만 하는 사람이 아니다. 꾸준히 여러 번 시도를 해서 성공 확률을 높이는 사람이며, 실패했을 때 오래 끌어안고 앓기보다 금방 털고 일어나 잊어버리는 사람이다. 그런 걸 회복 탄력성이라 부를 수 있을 것이다.

얼마 전 C라는 사람에게 커리어 상담 메일을 받았다. 어떤 일을 시작하고 싶은데 자신이 원하는 회사의 포지션에는 자리가 나지 않아, 차선의 선택으로 우선 다른 직무의 일을 시작했다는 내용이었다. 그리고 나라면 어떻게 하겠느냐고 묻고 있었다. 보낸 사람의 원문보다 더 길게, 꽤나 성의 있는 답장을 보냈다. 한 번 우연히 스쳐 지나간 적이 있을 뿐 잘 모르는 사람이지만 절실함이 느껴져 돕고 싶었기 때문이다. 그런데 며칠이 지나도록 회신이 없었다. 공교롭게도 그 일이 있은 직후 그쪽 업계에서 일하는 후배를 만났다. 이런저런 근황 틈으로 어렵게 뽑은 인턴이 일주일 만에 회사를 그만둬서 사람을 새로 뽑아야 한다는 얘기가 나왔다. 정확하게 C가 원하는 업종, 회사, 직무였다. 하지만 나는 C를 추천할 수 없었다. 메일을 씹힌 데 대해 기분이 나빠서가 아니다. 아마 '감사합니다. 좋은 하루 보내세요.' 이 정도의 한 줄만 답했더라도 나는 후배에게 C 이야기를 꺼내고 한번 이력서나 받아보라고 권했을 것이다. 하지만 메일 회신이라는 기본적인 업무 처리도 제대로 하지 않는 사람을 추천할 수는 없었다. 몇 달도 넘게 지나서 C가 늦은 답장을 보내올지도 모른다. 그러나 어떤 운은 이미 그 사람을 비켜간 다음일 것이다.

　행운은 많은 순간 사람의 얼굴을 하고 나타난다. 평생 일하며 살아야 하는 우리에게 있어 운을 좋게 만든다는 건, 무엇보다 내 인생에서 마주치는 사람들을 충실하게 대하는 일 아닐까? 누군가 곁에 있고 싶은 사람, 함께 일하고 싶은 사람, 믿고 추천할 수 있는 사람의 상태로 나를 유지하는 일 말이다. 많은 처세술서, 자기계발서의 동어반복을 떠올려본다. 좋은 사람들을 곁에 두어라, 불평불만을 그만두어라, 긍정적인 생각과 말을 해라, 자신의 취약점까지도 인정하며 성장할 여지를 만들어라…. 사람들이 모두 어떻게든 연결되어 있다는 걸 인지하고, 받을 것을 계산하기 전에 먼저 주는 일, 정확한 타이밍에 성실하게 피드백하는 행위가 운을 좋게 만드는 시작점이 될 수 있다. 먼저 복을 만드는 마음을 가지면 누가 주려고 할 때 잘 받을 수도 있을 것이다.

완벽주의자는 결코 완벽할 수 없다

"이럴 거면 신춘문예에 응모해서 작가가 되지, 왜 잡지사에서 일을 하고 있니? 응? 뭐하러 기자가 됐어?" 10여 년 전 영화 잡지 두 군데의 편집장이었던 선배는 마감이 늦는 기자들에게 이런 살벌한 멘트로 야단을 쳤다고 한다. 선배가 더이상 편집장이 아닌 시절에 같이 어울려 놀며 친해진 나는 우리가 함께 일하지 않았던 게 얼마나 다행인지 안도의 한숨을 쉬었다. 나 역시 마감 때 일찌감치 원고를 제출하는 에디터는 아니었기 때문이다. 나름 완성도 떨어지는 기사를 내놓지는 않는다는 자긍심은 있었지만, 그렇다고 마감 내내 글을 붙들고 있는 것도 아니었다. 가장 오래 시간이 걸린 건 글을 시작하기까지 마음의 준비였다. 더 잘 쓰고 싶은 글일수록, 더 중요한 기사일수록 시작에 시간이 걸렸다. 잘해내야 한다는 부담감이 출발을 더디게 만들어서, 커서만 깜빡

대는 워드 화면을 보고 있다가 다른 일로 도피하기도 했다. 연차가 쌓이면서 백지의 압박감을 견딜 만한 배포가 자란 건지 일찍 퇴근하고 싶은 마음이 더 커진 건지 몰라도 마감 속도는 한결 빨라졌다. 완벽주의에 대한 집착이 미루기, 더 나아가 게으름이나 문제 회피, 빠른 포기와 통한다는 건 나중에 많은 사례를 보면서 알게 됐다. 완벽하게 해내지 못할 것 같아서 지레 단념해버리거나 시도도 하지 않는다는 사람들이 많았다.

완벽주의 성향을 지닌 사람들에게 대체로 과정은 피곤하며 결과는 불만족스럽다. 너무 높은 기준으로 스스로를 괴롭히다 못해 완벽과는 거리가 멀어지는 것이다. 중상 이상을 해내고 좋은 평가를 받지만 자기 성취를 인정하지 않는 경우도 많다. 칭찬하면 자학으로 응수하는 습관은 주변 사람들을 무척 피곤하게 만든다. 완벽하지 않은 상황을 잘 받아들이지 못하고 스트레스를 심하게 느끼는 이들은 종종 '에너지 뱀파이어'이기도 하다. 힘들고 지친 기색을 지속적으로 노출하면서 "괜찮아" "지금 충분히 잘하고 있어" 같은 말을 계속 해주기를 기대하고, 반응하는 주변인의 에너지를 빨아먹는다. 그러니 본의 아니게 동료들에게 폐를 끼치지 않기 위해서라도 자신의 기대치를 적절히 컨트롤하고 만족하는 훈련이 필요하다.

어떤 일을 시작할 때, 혹은 시작해야 하는데 부담감 때문에 몸이 좀처럼 움직이지 않을 때 내가 떠올리는 글이 있다. 이경미 감독이 쓴 에세이 『잘 돼가? 무엇이든』(아르테, 2018)에 들어가 있는 일기 한 구절이다.

> 쓰레기를 쓰겠어!
> 라고 결심하니 써지긴 써진다.
> 매일 다짐해야겠다.
> 쓰레기를 쓰겠어!

이경미 감독은 물론 쓰레기를 만들어내는 사람이 아니다. 본인이 시나리오를 쓴 〈미쓰 홍당무〉, 〈비밀은 없다〉는 무섭도록 뛰어난 영화이며 넷플릭스 오리지널 시리즈 〈보건교사 안은영〉도 정세랑 소설가의 원작을 자기 색깔이 강한 연출로 해석했다. 앞에 소개한 글이 실린 『잘 돼가? 무엇이든』 역시 기발하고 독특한 에세이다. 그런 창작자도 벽에 부딪칠 때 저런 다짐을 하며 나아간다. 그리고 모르긴 해도 아마 일단 초고를 써낸 다음 셀 수 없이 여러 번 글을 고칠 것이다.

마음에 들 때까지 타협하지 않는 건 중요하지만 그건 최종 단계의 공정이다. 나무 조각을 하는 과정을 떠올려보자. 표면을 매끄럽게 다듬기 전에 큰 덩어리를 툭툭 베고 쪼개나가 형체를 잡는 일이 먼저다. 예술가들이 일하는 방식도 자기 혼자 오래 싸매고 있다가 어느 날 갑자기 세상을 놀라게 하는 결과물을 들고 나오는 식과는 거리가 먼데, 평범한 직업인이라면 더더욱 어느 단계에서 손을 뗄 줄 아는 것이 미덕이다. 자기 마음에 들 때까지 무한정 붙잡고 있다가는 한 달이 아니라 1년 동안 한 편의 원고, 하나의 PPT를 못마칠 수도 있다. 일단 평가에 대한 두려움을 버리고 손에서 떠나보낸 다음 다시 새로운 눈으로 살피며 사포질할 기회를 겸허하게 기다리자.

팀을 이끄는 자리를 경험해보면서 나도 알게 되었다. 물론 완성도가 중요하다. 하지만 관리자 입장에서는 100%를 해내려고 끝의 끝까지 붙들고 있다가 시한을 넘기는 사고를 치거나 스스로를 번아웃에 빠뜨리는 완벽주의자보다는 80% 정도의 결과물이라도 언제나 예측할 수 있을 때 안정적으로 내놓는 팀원과 일하는 게 훨씬 수월하다. 수월할뿐 아니라 충분한 시간을 가지고 서로 결과에 대해 피드백하면서 일을 더 낫게 만들 수도 있다. 한 사람이 자기 나름의 완벽주의에 대한 집착을 약간 내려놓는 일이, 결과적으로 더 큰 완벽함을 이루는 길이 되는 셈이다.

매사에 완벽하려 할 때 우리는 항상 어딘가는 부족한 사람일 수밖에 없다. 하지만 자기만의 장점과 단점, 강점과 약점을 가진 채로도 온전히 해낼 수 있다고 용기를 낼 때 커다란 가능성과 마주할 수 있다. 완벽으로 가는 과정에는 반복이 필요하다. 완벽하지 않아도 팽개치지 않겠다는 마음을 가지고 결과물을 쌓아나가는 성실의 시간 말이다. 단 한 문제도 틀리지 않겠다는 목표가 아니라 적어도 과락을 맞는 과목은 없도록 하겠다는 자세가, 우리에게 계속해나갈 힘을 준다. 그러니 완벽해야 한다는 부담을 버리고 매일 다짐해본다. 그래, 쓰레기라도 일단 쓰겠어!

시대에 어울리는 배움의 방식

"많이 낭비해봐야 알 수 있는 것 같아요. 돈이든 시간이든. 20대 때는 돈이 없으니까 주로 시간을 많이 들였죠. 시행착오를 겪으며 안 맞는 것들을 곁에 두기도 하고 또 흘려보내면서 그제야 내가 뭘 좋아하는지 알 수 있었어요." 어떻게 좋은 취향을 만들 수 있느냐는 질문을 받으면 이렇게 답하곤 했다. 내가 딱히 좋은 취향을 갖고 있는지 의문이기는 하다. 그래도 대체로 좋아하는 것을 추구하며 만족스럽게 살고 있으니까 '취향' 자리에 '가치관' 같은 걸 대입할 수도 있겠다. 어느 서점 행사 뒤풀이 자리에서도 처음 만난 95년생 신입사원에게 비슷한 질문을 받아 비슷하게 답했다. 내가 95학번이니까 꼬박 한 세대 차이가 나는데, 그 말을 듣고 같은 자리에 있던 88년생이 이렇게 반박해왔다. 95년생과 95학번 중간 정도 연배인 그는 이렇게 말했다. "요즘 젊은이에게는 낭비할 시간이 없어요. 시간이 곧 돈이거든요." 아르바이트를 하지 않는 시간이면 스펙 한 줄이라도 더 만들기 위한 활동으로 바쁜 20대에게는 시간도 효율적으로 분배해야 할 자원이며, 돈 못지않게 시간에도 늘 궁핍하다는 얘기였다. 물정 모르고 속 편한 소리나 하고 있었구나 싶어 부끄러워졌다.

'언니의 충고' 같은 걸 원래도 닭살 돋아 하는 성격이다. 나이를 먹어도 여전히 모르는 게 많고, 때로는 나이를 먹어서 모르는 것도 많다. 20대들과 내가 인식하는 현실 자체가 다르다는 걸 알게 되니 더 적극적으로 입 다물게 된다. 누군가 조언을 구해서 도움이 될 만한 말을 골라볼 때도 자기 검열의 필터가 작동한다. 힘들어 하는 사람 앞에서 내가 눈치 없는 파이팅이나 외치는 건 아닌가? 문제를 헛짚고 뜬구름을 잡고 있진 않나? 지금 많은 것을 가진 안정적인 중년이어서가 아니라, 스스로 가진 게 없다고 여겼던 내 20대조차도 요즘 젊은이들의 상황보다 나았다는 걸 점점 자각하게 되기 때문이다. 그때 단단하게 밟고 설 수 있었지만 지금 흔들리는 기반을 요약하자면 '세상이 점점 나아진다'는 감각이다. 한 세대 안에서도 성장 배경에 따른 개인차가 있는 것처럼, 경제 호황일 때 개인의 성장기를 보낸 세대와 그렇지 않은 세대가 바라보는 세상의 색은 다를 것이다. 기성세대의 특권의식만큼이나 90년대에 20대를 보냈기에 내 몸과 마음에 배어 있을지도 모를 나이브한 낙관을 경계하게 된다.

나를 포함한 지난 세대에게서 멘토를 찾기 어려운 시대다. 변화가 거의 없는 농경사회에서 노인들을 살아 있는 빅데이터로 활용할 때는 늙음이 지혜와 동일시됐을지도 모르겠다. 하지만 요즘 같은 전무후무한 혼란의 시대에 어떤 경험이나 노하우가 통할 수 있을까 질문을 던져보면 회의적이다. 나이 든 사람들이라고 이런 저성장, 경기 침체, 팬데믹, 양극화, 기후 위기를 겪어봐서 해법을 알까? 오히려 살아온 세월이 길수록 관성에 젖은 대응을 하다가 망할 확률이 높아 보인다. 기존 질서가 무너져 내리는 변화의 시기에 적응이라는 관점에서는 더 오래 산 사람 가운데 이상적인 롤모델을 찾아 닮고자 하기보다 더 어린 사람들을 다양한 레퍼런스로 삼아 참조하는 게 맞을 듯하다. 도태되지 않고 살아남기 위해서.

충고를 아끼는 대신 어린 사람들에게 자주 묻거나 그들의 방식을 관찰하는 건 헛발질하지 않으려는 나름의 노력이다. 인터뷰를 직업으로 삼고 있다는 점은 그런 면에서 행운이다. 10대, 20대들이 주로 이용하는 콘텐츠 플랫폼인 카카

오페이지와 함께 다양한 분야에서 성취를 이뤄온 10명의 여
성을 만나는 〈멋있으면 다 언니〉 인터뷰 연재 역시 그런 기
회였다. (동명의 단행본으로도 출간되었다.) 인터뷰이들에게
일하는 방식에 대해 질문하고 듣는 동안 많은 걸 느낄 수 있
었다. 그들은 가르치려는 뜻 없이 생각과 경험을 나눠주지
만 나는 확실히 배운다.

　사회생활을 오래 한 연장자들에게서만 뭔가 배우는 건
아니다. 이슬아 작가처럼 내가 상상해보지 못한 길을 만들
면서 나아가는 90년대생의 추진력에서도 배운다. 나는 잡지
사에 공채 시험을 보고 입사해 90년대 말에 일을 시작한 세
대다. 시스템 속으로 들어가 거기에 나를 맞추는 길밖에 몰
랐던 나에게는 자기 이름을 걸고 일간 구독 메일링을 시작
한 그의 사례가 놀랍도록 용감하고 능동적으로 다가온다.
나를 드러내는 걸 지독하게 꺼렸던 회사생활을 뒤로하고,
프리랜서 생활 2년 차에 접어들면서 개인이 매체가 되는 흐
름을 좇아가며 이슬아 작가의 선례에 더 감탄하게 된다. 유
튜브 채널 '박막례 할머니(Korea Grandma)'의 김유라 PD는
공모전에 수십 번 참가했던 이유를 묻자 "내 눈에는 내가 만
든 영상이 가장 재미있어서"라고 답했다. 기준과 동력이 철
저하게 자기 안에 있었다. 월드 바리스타 챔피언인 전주연

바리스타는 회사의 전폭적 지원을 받아 세계 대회에서 우승한 데 대해 "서로가 있었기 때문에 해낸 일"이라고 말했다. 조직에 충성심과 애착을 갖고 있으면서도 대등한 관계 인식이 산뜻했다.

일하는 분야가 각기 다르지만 이들에게서 외부 권위나 평가에 기대기보다 스스로 동기부여하는 자발성, 환경이 완벽하기를 기다리지 않고 일단 해보는 실행력, 실패해도 다시 시도하고 수정하는 유연함과 회복 탄력성을 공통적으로 발견한다. 한 방향을 보고 받아쓰는 식으로 학습하기보다 전후좌우를 살피며 서로 새로운 정보와 노멀을 '업데이트'하는 방식이 이 시대에 어울리는 배움이 아닐까? 그게 안 돼서, 혹은 그걸 못해서 버티다가 몰락하는 사례를 우리는 나이 든 권력자 남성들에게서 많이 보고 있다. 전주연 바리스타는 인터뷰에서 '노력과 꼰대'라고 스스로를 설명했다. 스스로 꼰대가 되기 쉽다는 걸 알고 그러지 않으려 경계한다는 뜻이다. 나 역시 늘 새기는 목표이기도 하다.

90년대생 동료와 일하기

지난 연말 대기업 계열사 팀장인 A를 만났다. A가 토로한 어려움 중 큰 부분은 팀원들 연령대가 점점 어려지는 가운데 느끼는 고독, 특히 후배들과의 문화 차이였다. 80년대 초반생인 A는 회사에서 차장급 이상을 대상으로 진행한 워크숍에도 다녀왔다고 했다. 주제는 "90년대생들과 어떻게 같이 일해야 할까." 90년대생, 그러니까 요즘 20대 직원들을 이해하는 일은 조직에 몸담은 삼사십 대 모두에게 숙제인 것 같다. 인턴을 뽑았더니 일주일 만에 그만뒀다며 A는 이렇게 말했다. "자긴 가족과의 시간이 너무 중요한데 여긴 야근이 많아서 안 될 것 같다고 하더라구요. 아니 결혼해서 애를 키우는 것도 아니고 20대 싱글이 무슨 가족과의 시간인지…. 그렇게 개인 생활이 중요하면, 일은 언제 하고 성공은 언제 해요?" 내가 보기에 이런 갈등은 쉽게 좁혀질 것 같지 않았다.

80년대생인 A가 말하는 일과 성공, 그리고 90년대생 인턴에게 일과 성공의 의미가 서로 같지 않아 보이기 때문이다.

90년대생들의 존재에 어쩔 줄 몰라하고 있는 건 A만은 아니다. 30대 후반부터 40대, 대체로 팀장이나 임원 또는 회사 대표가 되어 있는 내 지인들이 토로하는 당황의 양상은 다채롭다. 선배들이 다 자리에 앉아 있는데도 먼저 퇴근한다, 휴가 계획을 부서의 다른 구성원들보다 일찍 잡는다는 정도는 약과다. 업무 처리에 문제가 있어 보여 얘기 좀 하자고 불렀더니 녹음을 하고 있더라, 입사할 때부터 이미 이직을 염두에 두고 있고 그걸 숨기지도 않더라, 팀 카톡 내용을 캡처해서 노무사에게 신고한다고 하더라 등의 일화를 전하며 그들은 씁쓸해 한다. 한정된 사례에서 집단의 특징을 도출하는 일반화의 위험을 감수하고 조심스럽게 요약해보자면 90년대생들에 대해 그 윗 세대가 자주 내리는 평가는 '당돌하다' '간절함이 없다' '괘씸하다' 정도가 될 것 같다.

"요즘 젊은 애들은 버릇이 없다." 이런 문구는 고대 수메르 문명 점토판에도 새겨져 있었다고 한다. 그런데 지금 한국 사회는 왜 90년대생에 대해서 엄청난 신인류가 등장한 것처럼 야단일까? 아마 스마트폰 네이티브인 90년대 이후 생들은 한국 사회에서 전에 본 적 없이 개인화된 존재들이기 때문일 것이다. 기성 세대들이 일방향의 매스미디어를 보고 들으며 학습해왔다면 90년대생들은 자기 자신과 주변 사람들 자체가 미디어다. SNS에서 자기 목소리를 내는 누구나가 1인분의 주인공이다.

조직생활과는 배치되는 이런 가치관은 '충성심' 혹은 '워라밸' 같은 척도에서 이전 세대와 사뭇 다르게 발현된다. 80년대 이전 생들이 일도 성공도 일단 '회사 안에서의 나'라는 서사로 그려간다면 90년대 이후 생들이 그리는 '나의 일과 성공' 스토리 중심에는 자기 자신이 있다. 지금 다니는 회사가 잠깐의 조연으로 등장할 수 있지만 내 성공을 가능하게 해주는 핵심 조건, 내가 써가는 이야기의 공동 주연은 아닌 것이다. 퇴사라는 키워드가 그들 사이의 큰 화두인 것도 이런 맥락일 것이다. 각자 인생의 큰 그림 안에서, 지금의 회사는 한시적으로 목적을 충족하기 위해 몸담고 있는 곳일 뿐이다(70년대생 '라떼'인 내가 이렇게 쿨하게 말할 수 있는 건, 회사 상사로서 그들을 만나 부대끼지 않아도 되기 때문이라는 걸 나도 잘 알고 있다).

1997년의 IMF와 2008년의 금융위기는 당시 어렸던 이들에게 직접 타격을 주진 않았을지도 모른다. 하지만 거꾸로 생각해보면, 성장기부터 고용 불안정이 당연한 조건이었다는 이야기다. 90년대 이후 생들이 공무원 시험을 가장 많이 목표로 하는 이유가 과연 꿈을 모르고 도전을 꺼려서일까? 그나마 '금수저'가 아니어도 공정한 경쟁을 통해 채용될 수 있고, 정년을 보장받으며 오래 일할 수 있는 안정적인 직업이라서일 것이다. 불안 요소가 점점 커지는 세계에서 안정을 더 추구하는 세대가 출현했다면 그건 시대 속에 생존을 위한 자연스러운 진화라고 봐야 하지 않을까.

타인에 대해 내리는 평가를 보면, 평가당하는 사람이 아니라 평가하는 사람이 보일 때가 많다. 90년대생들이 조직에 대한 충성심 없이 이기적이고, 포기가 빠르고, 대접만 받으려 하며 희생할 줄 모른다 같은 평가들을 보고 있으면 그렇게 평가 내리는 이들이 어떤 가치를 믿어왔는지가 보이는 것 같다. 조직과 자신을 동일시하고, 일을 위해서는 사생활이나 가정을 가끔 희생할 수밖에 없다고 생각하며, 워라밸보다는 성과를 위해 일하고, 때로는 눈치를 보며 살아온 회사원들의 모습이 말이다. 그들이 잘못 살아왔다는 뜻은 아니다. 하지만 다음 세대에게까지 그 기준을 강요하는 것은 옳지 않다. 세대 차이일뿐 아니라, 시대가 변하고 있기 때문이다.

사실 내 동년배들, 기성 세대들이 90년대생을 어떻게

다뤄야 할지 모르고 쩔쩔매는 데는 두려움이 깔려 있다. 내가 믿는 가치들이 이미 낡은 것이면 어떻게 하나 하는 두려움, 꼰대라고 비난당하면 어떻게 하나 하는 두려움 말이다. 하지만 조직 밖에서 프리랜서로 일하는, 약간 중간자적 입장의 기성 세대로서 바라볼 때는 이런 잡음이 밖으로 불거지는 상황이 부정적이지만은 않다. 일단 선배 세대가 그들을 이해하고 소통해보려는 자세를 갖고 있어서 가능한 것이기도 하기 때문이다. 라떼는 어땠냐면, 그냥 "요즘 애들은 버릇이 없어"에서 끝이었다. 고생을 안 해봐서 참을성이 없다, 충성심이 없고 이기적이다, 말초적인 영상에 길들여져서 긴 글에 대한 문해력이 떨어진다…. 70년대생인 나도 사회 초년생일 때 선배들에게 들었던 이야기들이다. 사람은 달라지는데, 새로운 사람들을 바라보는 어떤 선입견은 참 오래도 변하지 않는다.

지금 90년대생 혹은 그보다 어린 사람들과 일하면서 갈등을 겪는 관리자라면 『90년생이 온다』(웨일북, 2018) 같은 책을 읽는 것이 도움이 될지도 모른다. 그 책의 결론은 90년대생들에게도 조직의 의사 결정에 참여할 수 있는 기회를 주고 능동적으로 참여시켜라, 회사의 성장과 자신의 성장을 통합된 목표로 만들어주라는 것이었다. 하지만 무엇보다 90

년대생을 글로 배우는 것보다 곁에 실존하는 그들의 목소리를 더 들어주고, 욕구와 불안을 존중하는 일에서부터 출발하면 좋겠다. 무엇을 좋아하는지, 무엇이 고민인지, 어떤 인생을 살고 싶은지 듣다 보면 이쪽에서도 배우는 게 분명 많을 테니까. 나이 들수록 말은 아끼고 지갑은 열라는 이야기도 아마 잘 찾아보면 수메르 점토판에 적혀 있을 거다.

메일, 전화, 메신저라는 도구

아직 해외 출장이 가능하던 팬데믹 이전, 뉴욕 출장을 앞두고 사전 미팅을 했다. 브랜드와 홍보대행사의 담당자들, 매체 에디터 그리고 프리랜스 에디터인 나까지 4명이 만난 자리에서는 일정 공유와 업계 동향에 대한 정보 외에도 가벼운 하소연의 공감대가 오갔다. 출장 기간에도 현지의 업무 외에 각자 서울에서 이어지는 일들을 동시에 굴려야 한다는 것이 모두의 예상이었다. "PC용 카카오톡이 나온 뒤로 망했죠 뭐. 시차 상관없이 24시간 업무 이야기가 계속되잖아요." "파일 전송 기능이 생긴 이후로 진짜 망했어요. 모든 컨펌이 실시간으로 이루어져요."

즉각적인 응답을 요구하는 메신저가 보편적인 업무용 커뮤니케이션 툴로 사용되기 시작하면서, 우리는 어디에서도 일할 수 있게 된 대신 어디에 있든 실시간으로 일에 붙들

린 처지가 되었다. 나는 몇 년 전까지 업무로 연락하는 사이
에는 이메일과 문자 메시지로만 커뮤니케이션한다는 원칙
을 갖고 있었지만, 대세에 따르며 흐지부지해졌다. 일하는
상대방의 다수가 카톡을 쓰는 마당에 혼자 독야청청할 방법
도 그러는 의미도 없어진 것이다. 물론 카톡으로 일하기가
너무 당연해진 이후의 신입사원 세대에게는 대체 무슨 소
리인가 싶을지도 모르겠다. 익숙해져서 무뎌질 수도 있지만
휴대폰 홈 화면의 메시지 숫자 표시, 채팅방의 읽음 표시 같
은 것들은 분명 우리가 일에 몰입할 수 있는 덩어리 시간을
야금야금 쪼개는 칼이다.

　　최근에는 메신저 외에도 인스타그램 다이렉트 메시지
(디엠)가 추가되었다. 프리랜서가 되면서 포트폴리오처럼
내가 한 일들을 인스타에 올려두려 애쓰니, 디엠으로 업무
문의가 오는 건 스스로 초래한 결과일 수도 있다. 하지만 프
로필에 업무 이메일 주소를 적어두어도 디엠 대신 이메일을
받는 경우는 10%가 되지 않는다. 인스타그램 채널 자체를
가지고 하는 일을 의논해오는 경우가 많아서이기도 할 것이
다. 지금 내 계정(@bestrongnow)에 팔로워가 2.4만 정도 되는
데, 그리 많지 않은 수임에도 '마이크로 인플루언서'로 분류
되어 이런저런 마케팅 콘텐츠를 포스팅 해달라는 제안이 온

다(팔로워 4만 명이 넘는 트위터에는 전혀 이런 연락이 없다는 점도 재미있다). 결과적으로 일을 마치고 쉬면서 모르는 고양이 사진에 좋아요를 누르거나 친구들의 스토리를 보며 방문한 식당이 어딘지 물어보는 와중에도, 업무가 틈틈이 껴들게 되어버렸다. 잠자는 시간을 제외하고는 휴식과 일의 경계가 없이 모호한 채로 흘러간다.

내가 이메일로 일하는 걸 선호하는 이유는 이렇다. 우선 뚜렷하게 기록이 남는다. 서로 상의한 내용과 교환한 의견이, 어떤 의도로 어떤 내용을 담아 언제까지 일을 해달라는 것인지, 계약의 조건과 그 보수는 얼마인지 상호 간에 명백히 확인할 수 있다. 이런 사소한 디테일을 아무리 명확하게 적어놔도 모자람이 없다는 것은 좋은 의도로 출발한 일에서도 의견이 어긋나고 크고 작은 대립이 일어나곤 한다는 걸 경험해본 사람이라면 공감할 것이다. 한 주제에 하나씩 메일 스레드를 만들어 소통해두면 나중에 찾아볼 수 있는 아카이브가 되기 때문에 기억력에만 의존하지 않아도 된다. 내 뇌의 처리 용량을 현재의 업무에 집중해서 사용할 수 있게 되는 것이다. 또 이메일은 상대방과 나 사이에 충분한 시공간 거리를 확보해준다. 메신저처럼 즉시 답할 것을 요구하지 않으며, 메일을 쓰는 이가 자신의 스케줄에 따라 계획을 가지고 충분히 시간을 들여 답할 수 있도록 기다려주는 도구다. 인스타그램 계정에 방금까지 일하기 싫다는 포스팅을 올리던 담당자의 업무 디엠을 받고 난처한 기분을 느낄 필요도 없다.

이메일을 보완할 수 있는 커뮤니케이션 툴이 있다면 그건 전화 통화다. 급하게 보고해야 할 때 메일을 보내놓고 언제 확인할지도 모르는데 기다리는 건 절대 유능한 태도가 아니니 위급 시에는 전화를 걸어야 한다. 또 문자 언어가 기록의 정확함을 담당한다면 구두로 소통할 때 효과적인 이슈들도 존재한다. 내 경우 이메일에서 의견 차이가 드러나 설득해야 할 일이 있을 때 전화를 이용한다. 조건을 재협상해야 할 때도 마찬가지다. 말투나 억양처럼 수치화되지 않는 기술을 발휘해 상대방과 의견을 조율해야 하거나 오해를 줄이고 싶을 때는 통화가 유용하다. 물론 전화는 일상적으로 자주 사용할 수단은 아니다. 통화나 대면이 싫어서 점점 이렇게나 배달 앱이 성행하고 있는 요즘에 툭하면 전화를 걸어대는 업무 파트너라면, 더더욱 같이 일하기 편안하다는 인상을 심어주기 어려울 것이다.

요리를 해보면 실리콘 주걱을 써야 할 때와 플라스틱 집게를 써야 할 때, 거품기를 사용해야 할 때가 모두 다르다.

어떤 도구를 언제 정확히 사용하느냐 혹은 덜 사용하느냐는 좋은 결과물을 얻게도 하지만 우리의 수고를 덜어주기도 한다. 지금 써야 할 도구가 메일인가 전화인가 혹은 메신저인가를 잘 판단하고 활용하다 보면 어느새 능숙하게 업무를 잘 요리하는 사람이 되어 있을 것이다.

열심만으로는 안 통할 때

자려고 누웠는데 유독 말똥한 밤, 생각이 꼬리를 물다가 이불 속에서 발버둥을 치게 되는 과거의 후회가 사람마다 있을 것이다. 내 경우는 미숙했던 20대 때 저지른 실수 장면들이 재생된다. 그중에서도 잊지 못하는 에피소드는, 이직하는 회사의 연봉 협상을 하는 자리에서 얼마나 받길 원하느냐는 질문에 내가 쭈뼛대며 했던 대답이다. "주시는 대로 받을게요." 아, 다시 적어놓고 보니 오늘 밤에도 이불을 걷어차게 될 것만 같이 바보스럽다. 그때는 미처 알지 못했다. 같은 연차에도 남자 직원의 연봉이, 경력직 선배보다 공채로 입사한 신입 후배의 연봉이 더 높기도 하다는 걸. 그리고 내가 먼저 분명히 요구하지 않으면 회사가 알아서 잘 챙겨주는 선의 같은 건 없다는 걸. 심지어, 누군가가 숟가락만 챙겨 들고 다니며 차려놓은 밥상을 옮겨다니는 식으로 회사 안에서 자기 배를 불려가는 동안 다른 누군가는 자기가 차린 밥상 앞에 앉아보지도 못하고 조직을 떠나는 일도 종종 벌어진다는 사실을.

야구단을 배경으로 한 드라마 〈스토브리그〉는 스포츠를 지우고 봐도 충분히 공감 가는 오피스 드라마였다. 업계에서 몇 년째 최하위 실적을 기록하고 있는 브랜드, 패배주의와 타성에 젖어 있는 조직 안의 고인 물, 상한 부위를 도려내듯 냉정하게 문제를 해결해나가는 새 리더와 따라가거나 저항하며 조금씩 변화를 만들어내는 구성원들. 스토리를 좇아가면서 자주 든 생각은 어떻게 일하는 게 잘하는 것일까, 다양한 사람들의 이해관계와 복잡한 역학이 작용하는 일터에서 어떻게 행동해야 할까 하는 질문이었다. 특히 일할 때 저지른 내 실수들이 캐릭터들의 모습에 겹쳐 보였다. 예를 들어 자기 분야에 전문성도 높고 근성도 탁월한 운영팀장 이세영이 일방적인 인사 발령으로 팀원을 잃고 티오(TO)도 채워지지 않은 채로 일할 때, 그러면서도 회사에 문제 제기하지 않을 때, "야, 저러면 안 되지!" 소리가 절로 나온다. 현실의 나도 비슷한 상황을 겪었을 때 어쩌지 못했으면서 말이다. 회사 전체가 어려운 상황을 이해하기에 불이익을 감수한 결정이었지만, 나의 어려움에 대해서도 알릴 만큼 알려야 했다는 후회가 남았다.

연봉 협상에 대한 에피소드는 특히 보다가 머리를 한 대 맞은 것 같았다. 전성기를 지나 기량이 떨어진 투수 장진우에 대해 평가하면서 단장은 해석하기에 따라 괜찮은 스탯을 보이기 때문에 팀에 도움이 되는 선수라고 말한다. 하지만 장점에 대해 언급하면서도 연봉을 대폭 삭감하겠다는 제안을 한다. 논리는 이렇다. "자기도 모르는 자기 가치를 우리가 왜 인정해줍니까?" 이불을 차다가도 멈추고 벌떡 일어날 만한 이야기다.

잡지를 만들면서 다양한 원고를 쓰는 데 시간과 노력을 들였지만 유독 1년에 한 번, 제일 쓰기 싫은 글이 있었다. 인사고과 시즌의 자기 평가서였다. 스스로 내가 뭘 얼마나 잘했는지 열거하는 일이 낯뜨거웠다. 열심히 일했으니까, 같이 많은 것을 이뤘으니까 내 직속 상사는 이미 내가 뭘 얼마나 잘했고 또 잘하는지 알고 있다고 생각했다. 얼마나 게으르고 안일한 태도인지. 내 가치를 누군가 알아봐주길 바라면서 스스로 먼저 정리하고 표현하기는 쑥스러워 한다는 것 말이다. 이건 단순히 자신감이 있고 없고와는 다른 이야기다. 내가 나 자신의 가치와 능력을 믿는 것과 별개로, 세상의 많은 일은 정해진 팩트와 데이터를 놓고 어떻게 해석하고 드러내는가 하는 프레이밍의 문제라는 걸 나는 알지 못했다.

자전적 소설 『그 많던 싱아는 누가 다 먹었을까』에서 박완서 선생은 초등학교 1학년 1학기 때 처음 받아온 성적표 이야기를 한다. 6점부터 10점까지로 점수를 매기는데, 대부분 7점이고 최저점인 6점을 받은 과목도 있어 어머니가 크게 실망하고 화를 냈다고 한다. 그런데 터울이 많이 지고 어머니가 신뢰하는 우등생 출신 오빠가 구세주처럼 등장한다. 중요 과목인 산수와 국어가 9점이니 다른 과목에 조금 약해도 상관이 없다는 게 오빠의 해석이다. 과목의 비중이라는 새로운 프레이밍을 제시한 것이다. 같은 성적표를 놓고서, 어머니의 이후 평가도 그에 의존해 달라진다.

구성원이 다수인 조직에서는 더더욱 '열심히 했으니까 알아주겠지' 하는 마음만으로 부족하다. 노력하지 않는 사람이 없을 때도 모두의 최선은 다르게 평가받는다. 같은 성과를 가지고도 내 능력에 주목하게 만드는 프레임을 고민해야 하는 이유다. 현재의 조직이 아쉬워하는 부분과 내가 채워주고 있는 몫을 꿰어서 효과적으로 드러내기도 해야 한다. 내가 잘한다는 데 직속 상사까지는 이견이 없을 수도 있다. 그렇다면 더욱 그가 HR팀이나 그보다 높은 결정권자들에게 나의 승진을, 연봉 인상을 요구할 때 필요한 근거를 챙겨줘야 할 일이다. 자기 시간을 아껴주는 부하 직원을 싫어하는 상사는 없다.

드라마에서 장진우는 나이가 많은 선수고, 한창 때 자신의 승수에 한참 못 미치는 기록을 내지만 확실한 미덕도 갖고 있다. 야구 중계에서 종종 "공 끝이 더럽다"라고 표현되는, 예측하기 어려운 볼을 던져 타자를 괴롭힐 줄 아는 것이다. 승계주자 실점률이 낮은 데다 병살 유도는 팀 내 1위다. 스스로에 대해 이런 장점을 인지하고 필요에 따라 어필할 수 있다면, 조직 안에서 협상이 필요할 때도 스스로를 어느 정도 보호하며 일할 수 있을 것이다.

프리랜서로서는 등장 인물 가운데 강두기 선수가 가장 부럽다. 이런 것 저런 것 다 떠나서 실력으로 모두를 입 다물게 하는 국가대표 에이스, 그러면서도 늘 정직하고 성실하게 노력하는 인물이다. 대립하는 선수가 있으나 팀 안에서 파벌을 만들지 않는다. 선수협의회의 회장을 맡아 자신과 동료들의 권익을 위한 목소리를 낼 줄도 안다. 성과로나 태도로나 흠잡을 데가 없다. 구단의 목표를 구상할 때 강두기의 실력은 변수가 아닌 상수로 취급받는다. 그가 15승은 거둔다는 가정하에 다른 전략들이 논의되는 것이다. '이 사람이 있으니 이 부분은 걱정하지 않아도 된다'는 단단한 신뢰를 받으며 일한다는 것, 떠날 때 빈자리를 모두가 큰 상실로 받아들인다는 것은 얼마나 짜릿한 일인가. 역시 드라마는 드라마라는 생각이 든다. 현실에서는 더 이상 이불 찰 일만 안 만들기를 바란다.

누가 관리자가 되는가

"결혼은 너의 인생을 바꾸지 않아. 출산과 육아가 바꾸지." 아이를 낳아 키우는 친구들에게 수도 없이 들은 이야기다. 일하는 여성의 삶이 결정적으로 이전과 달라지는 계기는 자녀가 생기면서부터일 것이다. 많은 경우 시간과 체력 사용, 의사 결정의 우선순위에 대한 배분이 바뀌는 걸 본다. 그렇다면 조직의 일원으로서 커리어가 드라마틱하게 달라지는 순간은 언제일까? 패러디하면 이렇게 말할 수 있겠다. "연차가 쌓인다고 너의 회사생활이 바뀌지 않아. 매니저가 될 때 바뀌지." 실무자에서 관리자가 될 때, 회사가 요구하는 역량과 스킬이 확 달라진다.

커리어의 어느 시점이 오면 두 가지 길 가운데 선택해야 한다. 자기 일만 탁월하게 해내는 전문가가 되거나, 팀원들을 매니징할 수 있는 관리자가 되거나. 말하자면 좁고 깊어지느냐 넓고 높아지느냐의 기로다. 중간 연차 이하일 때부터 자기가 어느 쪽에 더 소질이 있는지 일찍 파악해두면 좋지만, 실무자일 때는 대체로 관리자가 되고 싶어 하는 경우는 없다. 해보지도 않은 일에 소질이 있는지 알기는 어렵기 때문이다.

광고회사 카피라이터인 친구 A는 늘 퇴사를 입에 달고 살았지만, 언젠가부터 회사생활에 대한 괴로움을 토로하는 일이 싹 사라졌다. 변화는 크리에이티브 디렉터로 승진하면서부터였다. 회의 때마다 새로운 아이디어를 갖고 가서 평가받아야 할 때는 매일의 출근이 스트레스였지만 A의 재능은 좀 다른 쪽에 있었다. 아이디어의 큰 방향을 정하는 일, 일정을 조정하고 데드라인 맞추기, 팀원들의 사기를 북돋우며 팀을 관리하는 매니지먼트 역량이 디렉터가 되었을 때 제대로 포텐을 터뜨린 것이다. 자기가 가진 강점이 커리어의 어떤 단계에서 빛날지, 닥치기 전에는 모르는 사람이 많다. 그걸 미처 발견할 기회 없이 회사를 그만뒀다면 A에게도 회사에도 큰 손해였을 것이다.

실무를 잘하는 저연차 여성일수록 관리자가 되기보다 계속 현업에 머무르고 싶어 하는 경향이 강하다. 관리자의 업무는 사실 재미있어 보이지는 않는다. 결정을 내리고 책임을 져야 하며, 숫자와 친해져야 한다. 팀원들을 설득하고 독려하며 끌고 가야 하는 데다 윗사람들과의 정치에도 개입된다. '내가 하고 싶은 건 기획인데? 코딩인데? 현장에서 계속 뛰고 싶은데?' 독립적 성향이 강한 이런 사람들은 10년차즈음 독립해서 프리랜서가 되기도 한다. 혼자 일하기도 괜찮은 산업이나 업무 포지션, 성격이라면 전문가 트랙을 선택하는 것도 방법이다. 하지만 일의 특성이나 생활의 안정 때문에 회사에 계속 남기를 택한다면? 받아들여야 한다. 당신은 원하지 않더라도 언젠가는 관리자가 되어야 한다.

중간 관리자 레벨부터 서서히 리더십을 연습할 기회가 온다. 똑똑한 주니어들이 허덕이는 시니어가 되는 비극이 흔하게 벌어지는 게 이때다. 뛰어난 실무자이지만 서툰 리더들은 자기만큼 일을 잘하는 후배가 없다고 생각하며, 일을 맡겨두고 기다리는 시간을 아까워한다. 가져온 결과물이 눈에 차지 않을 게 뻔한데, 그때마다 어떻게 고쳐야 하는지 가르쳐주는 것보다 내가 해버리는 게 빠르기 때문이다. 일 욕심이 많아서 자기 몫의 일을 잘 나눠주지도 않는다. 결국 아래에 사람을 뻔히 두고 써먹지도 못하고, 자기 일을 줄이는 데도 실패한다. 관리해야 할 팀원이 고작 두세 명이라면 모르겠지만, 언젠가 이삼십 명의 팀을 이끌고 큰일을 해야 할 때도 '내가 해버리고 말지'를 고수할 수 있을까? 후배들이 자기만큼 못해내는 건 사실일지도 모른다. 하지만 실무자의 자아를 내려놓고 위임의 기술을 연마하는 게 관리자 커리어의 중요한 시작이다.

여성들이 높이 올라가는 걸 꿈꾸지 않는 이유가 정말로 실무를 너무 좋아해서일까? 재미있는 현업만으로도 충분히 만족스러워서일까? 큰 기대를 받지 않았기 때문에 쉽고 안전한 테두리 속으로 스스로를 제한해온 건 아닐까? 거꾸로 남자들이 자기는 어느 직급 이상은 승진하지 않을 거라고 선을 긋는 경우는 없다. 많은 회사의 성비를 보면 사원, 대리급은 여성이 수두룩하지만 팀장, 임원으로 올라갈수록 여성의 비율은 점점 줄어든다. 동일시할 수 있는 롤모델이 부족한 환경 속에 있다 보면 성공에 대한 상상력의 사이즈도 줄어들 수 있다는 얘기다.

소설집 『일의 기쁨과 슬픔』(창비, 2019)을 쓴 장류진 작가는 IT 서비스 기획자로도 오래 일한 경험이 있다. 밀레니얼 여성들을 위한 커뮤니티 서비스인 빌라선샤인에서 주최한 컨퍼런스에서 그는 이런 이야기를 했다.

"어떤 사람이 조직에서 높이 올라가는지 아세요? 능력이 뛰어난 사람일 것 같지만 그렇지 않아요. 높이 올라가는 걸 좋아하는 사람이 높이 올라가요. 그런 사람일수록 필요한 일이 아니라 티 나는 일을 주로 하죠."

일 잘하는 여성들이 곧 높이 올라가는 사람이 되면 좋겠다. 그러려면 '높이 올라가는 걸 좋아하는 사람'이 되는 게 먼저다. 효율적으로 노를 젓고 더 힘차게 나아가는 레벨의 재미가 있다면, 먼 곳을 조망하며 어느 바다로 나아갈지 방향을 가리키는 스케일의 쾌감은 또 다르다. 팀원을 관리하는 고역을 지나면 후배들이 성장하는 것을 지켜보는 보람을 얻는다.

자기 자신에게 충분한 기회를 주자. 높은 자리까지 한번 가보자고 독려하자. 임원이 목표라고 말하고 그렇게 되어보자. 더 큰 예산을 집행하고 더 큰 결정권을 누리는 감각에 익숙해지자. 유능한 실무자에서 멈추는 대신 나만큼 잘하는 실무자를 여럿 키워내겠다는 꿈을 꾸자. 필요한 일만 하다가 소진되지 말고, 티 나는 일도 욕심내고 성과를 널리 알리자. 무엇보다 능력보다 권력을 좋아하는 사람들만 높이 올라가도록 마냥 두고 보지는 말자. 그건 자기 자신을 위해서이기도 하지만 뒤에 올 여성 후배들을 위해서 눈에 보이는 증거가 되는 일이기도 하다.

9명 중 9명이라는 말

About 루스 베이더 긴즈버그 Ruth Bader Ginsburg

대선후보이던 시절 트럼프에 대해 사기꾼이라 언급했던 걸 제외하면, 루스 베이더 긴즈버그(이하 긴즈버그 또는 RBG)의 가장 인상적인 발언은 이 말일 거다. "'여성 대법관이 몇 명이나 있어야 충분하다고 생각하십니까?'라는 질문을 받을 때마다 나는 '9명 중 9명'이라고 대답합니다. 사람들은 충격을 받죠. 전원이 남성일 때는 의문을 제기하지 않았던 사람들이 말입니다."

다큐멘터리 〈루스 베이더 긴즈버그: 나는 반대한다〉는 세 가지 이야기 축으로 진행된다. 첫 번째는 미국 연방 대법원 구성원 가운데 진보 성향에서 소수 의견을 대변해온 그가 어떻게 '노토리어스 RBG'라는 별명을 얻으며 인터넷 밈이자 밀레니얼들의 아이콘이 되었는가 하는 팬덤의 현상이다. 두 번째는 이 인물의 성장, 그리고 법학 교수를 거쳐 대법관으로 커리어 패스를 쌓아온 과정이다. 유대계 이민자 집안에서 자라나 500명 정원 중 여학생이 9명밖에 안 될 때 하버드 로스쿨 로 리뷰 편집부 활동을 할 정도로 뛰어났던 긴즈버그도 어김없이 여성이라는 이유로 다양한 차별을 겪는다. 새로운 얘기는 아니다. 세 번째가 가장 흥미진진하고 드라마틱한 부분이라 할 수 있는데, 그가 변호인 혹은 판사로서 개입해온 성차별 소송의 케이스들이다. RBG는 남성 동료들과 달리 주거 비용 지원을 받지 못하던 여성 공군, 남성 주양육자라는 이유로 보육제도의 지원을 받지 못하던 싱글 대드, 여성이라는 이유로 군사 학교에 입학하지 못한 여학생의 권리를 보호하는 방향으로 남성 중심적 사법 시스템을 서서히 설득하고 바꿔간다.

영화 초반에 카메라는 워싱턴 D.C.의 풍경을 스쳐가며 담는다. 건국 영웅의 동상, 의회, 연방정부 법원, 백악관 등 정치와 역사의 상징적 장소들은 전통적으로 남성의 전유물이었던 공간이다. 1993년, 당시 클린턴 대통령의 지명을 받은 (여성으로서는 역사상 두 번째였다) 긴즈버그가 취임사를 할 때, 그에 대한 나쁜 평가의 코멘트들이 이어진다. "헌법의 전통을 존중하지 않는 마녀" "대법원의 수치" "사악한 괴물"… 흥미로운 점은 뒤이은 주변인들의 인터뷰, 그리고 학

창시절부터의 자료화면으로 재구성되는 긴즈버그의 인품이 상당히 차분하고 온화하다는 점이다. 마녀도 괴물도 아니며 다만 조용하지만 또렷하게 진보적인 자기 입장을 갖고 있을 뿐이다. 그리고 "나는 반대한다(I dissent)"로 시작하는 소수의견의 판결문을 숱하게 썼다. 여기서 우리는 경험에 의거한 합리적인 의심을 하게 된다. 여성이 뭔가 강하게 주장할 때, 그리고 그 주장이 다수와 다른 의견일 때 세상은 그를 쉽게 악녀로 몰아간다.

긴즈버그가 인생 최고의 행운이라 말하는 남편 마티는 진지하고 내성적인 RBG와는 정반대의 유머감각과 사교성, 요리 실력으로 아내의 커리어를 뒷바라지한다. 긴즈버그는 1950년대 코넬 대학에서조차 여성들이 총명함을 숨기고 지냈다고 회상한다. "마티는 나에게 뇌가 있다는 것을 처음으로 알아준 남자였어요. 자신의 능력에 대한 확신이 있는 남자이기 때문에 여자의 똑똑함을 위협으로 받아들이지 않았죠."

어떤 집단이건 여성이 30%만 넘기면 '여초현상'식의 표현이 종종 나오는 한국에서는 현재 대법관 14명 중 3명, 헌법재판관 9명 중 3명이 여성이다. 긴즈버그가 속했던 시기 미국 연방 대법원에서도 3명이 최대였으며, 2020년 그의 사후 후임으로 에이미 코니 배럿이 임명되면서 동석을 유지하고 있다. 어느 나라건 '헌정 역사상 최고의 여풍'이라는 수식어를 달고서, 정원의 1/3 정도를 최대의 여성 머릿수로 허용하고 있는 것이다. 재미있는 건 로스쿨 제도 도입 전, 판사 신규 임용을 사법연수원 성적순으로 했을 때는 신규 판사 임용에서 여성 비율이 87.5%를 차지했다는 점이다. 커리어 출발 시점의 똑똑한 젊은 여성들은 어디론가 쉽게 사라지고 고위 임명직은 30%가 최선인 현실 속에서 '9명 중 9명'은 여전히 먼 미래, 그래서 기회가 닿을 때마다 더욱 입 밖으로 내뱉어야 할 이상이다.

직장인 아닌 직업인이 되다

"일정은 테트리스가 아닙니다. 빈 데가 있다고 다 집어넣다
보면 큰일 나요." 김하나 작가가 진행한 예스24 도서 팟캐스
트 '책읽아웃'에 출연했던 『배틀그라운드』(후마니타스, 2018)
저자 이유림 활동가가 한 말이다. 프리랜서가 되자 이 얘기
에 깊이 공감하게 됐다. 달력에 스케줄을 정리하다 보면 빼
곡하게 적힌 할 일들에 앓는 소리가 새어 나오지만 무리한
계획을 던져준 윗사람을 원망할 수도 없다. 제안들을 검토
한 것도, 승인하고 계약서에 결재한 것도 바로 나니까. 빡빡
한 구글 캘린더는 지난해의 내가 올해의 나를, 이 달의 내가
다음 달의 나를 한껏 믿었던 낙관과 호기의 결과물이다.

"바쁘고 일 많으면 좋은 거지 뭐." 새마을 운동 세대다
운 반응으로만 일관해서 도무지 커리어 상담이란 걸 할 수
가 없는 우리 엄마는, 찾아주는 데가 많다는 사실을 감사히

여기라고 말한다. 3년차가 된 지금은 그러지 않지만 한동안은 딸이 프리랜서가 된 것을 제대로 된 직업생활로 인정하지 못하고 어서 다시 어느 회사든 들어가라고 종용하는 단계가 몇 달 이어졌다. 프리랜서는 직장인이 아니지만 엄연한 직업인이다. 그걸 이해하는 단계까지 온 것만도 모녀 사이에 큰 발전이긴 하다.

엄마 말대로, 의뢰 들어오는 일이 없어서 고민인 편보다야 그 반대라 힘든 처지가 나을 것이다. 하지만 프리랜서들은 알 것이다. 일한 만큼 번다는 말은, 곧 버는 만큼 몸이 축나고 있다는 뜻이기도 하다는 걸. 그리고 축난 몸을 고치고 돌보려면 번 만큼, 때로는 훨씬 더 많은 돈이 들어가기도 한다.

프리랜서로 독립하기 직전, 나는 회사 데스크톱 앞에 앉아서 월별 사업 계획, 신제품 네이밍, 새해부터 전개될 캠페인 스토리 같은 걸 쓰고 있었다. 그것들이 미처 구체화되는 걸 보기 전에 첫 책 『여자 둘이 살고 있습니다』(위즈덤하우스, 2019)를 내면서 퇴사하긴 했으나, 회사에 남아 있었다 해도 그 아이디어들의 몇 퍼센트나 실현되었을지 의문이다. 큰 조직 속에서 내가 하는 기획, 내가 쓰는 글들은 숱한 회의와 보고를 거치며 풍화작용을 겪었다. 프리랜서인 지금은 아주 작지만 나를 중심에 둔 업무 시스템을 새로 구축할 수 있다. 어떻게 하면 일과 나 사이의 괴리감을 최소화한 작업물들을 세상에 내놓을 수 있을지 고민한다. 대표의 입맛에 맞춰 준비하지만 대표의 스케줄에 따라 언제 취소될지 모르는 사내 프리젠테이션이 아니라, 모르는 독자와 내 생각을 나눌 수 있는 북토크나 강연을 준비할 때 의미 있는 일을 하고 있다는 느낌을 얻는다. 내가 디테일까지 컨트롤할 수 있다는 유능감이 든다.

회사라는 안정적인 울타리 밖으로 나오는 일은 두려웠지만, 거꾸로 그 울타리 밖으로 나와서 발견한 안정감도 있었다. 글쓰기나 말하기가 독립적으로 할 수 있으며 결과물 역시 비교적 자기 완결적인 일이라 그럴 것이다(그리고 이 안정감이 성립하는 데는, 회사를 다니는 동안 받은 주택담보대출로 사놓은 내 명의의 집이 배경에 있다). 회사 이름을 대면 내가 설명되는 소속감, 여러 역할들을 조율하는 팀워크의 즐거움, 규모가 큰 예산 운용이나 시장의 반응이 주는 재미, 규칙적인 월급의 달콤함 같은 것들은 이제 나와 멀어졌다. 대신 시간을 내 방식으로 사용할 수 있다는 자유를 얻었다. 일의 성취가 고스란히 나의 성과, 내 통장 입금으로 돌아온다는 매력도 크다. 매달 나오는 월급의 안정성은 강력했지만, 월급

받는 이상으로 많은 일을 하거나 너무 큰 모욕감을 견디고 있는 게 아닌가 싶은 때가 종종 있었다.

프리랜서가 되고 나서는 무엇보다 다른 사람 눈치를 보느라 헛짓을 하고 있지 않다는 감각이 좋다. 회사에서는 거대하고 멋진 기계의 부속이었다면, 지금은 초라할지언정 혼자서도 움직일 수 있는 로봇 정도는 되는 것 같다. 물론 언제든 대체될 수 있는 부속이 느끼는 슬픔이 있다면, 내가 움직이지 않을 때 모든 일이 멈춰서버리는 로봇의 고독도 있다. 그럴 때면 고철 행성에서 혼자 작업하는 월E처럼 작고 막막해진다. 회사를 다니고 있는 후배들을 만나면 나는 말한다. "회사 안 다니는 거 너무 좋아, 근데 너는 웬만하면 오래 다녀." 두 가지 다 진심이다.

계속 해나가기 위해서

회사를 안 다녀서 좋은 건 이럴 때다. 영하로 떨어진 아침 날씨를 확인하며 아무 데도 나가지 않기로 결정할 때, 평일 낮 사람이 없는 공원을 세낸 것처럼 한적하게 산책할 때. 20년 동안 계속해온 출근을 하지 않아도 된다는 사실에 이제 익숙해질 법도 한데, 매일 아침 새롭게 짜릿하다. "회사를 그만뒀지만 출근하듯 규칙적으로 아침 일찍부터 일하고 있어요." 이런 분들은 정말 대단하다고 생각한다. 나에게는 없는 종류의 성실함이기에 존경의 마음이 든다. 하지만 불규칙적인 생활의 자유, 집중해서 일만 할 수 있는 자유야말로 나에게는 프리랜서로 일하는 장점이다.

회사를 다닐 때는 일 말고도 에너지를 뺏는 것들이 너무 많았다. 출퇴근의 번거로움, 내 업무 외에도 참석해야 할 회의, 보고와 면담, 신경 써야 하는 상하 관계, 시끄러운 파벌이나 내분, 참석해야 할 교육이나 행사…. 이 모든 회사생활의 요소들과 맞지 않아서, 혹은 업종의 특성상 어딘가에 소속되어본 적 없이 프리랜서로만 일해온 사람도 있을 것이다. 하지만 대부분의 사람들은 극단적으로 어느 한쪽에 적합하다기보다 각자 상황에 맞춰 적응한다. 조직생활에 어울리는 사람이 회사를 오래 다니고, 그렇지 않은 사람이 프리랜서로 일한다는 이야기는 직업에서 꿈이나 적성 같은 개념을 찾고 있는 것처럼 들린다. 이상적인 얘기지만, 그것 없이도 잘 해나가는 사람들이 많다는 얘기다.

프리랜서로서 느끼는 만족도와 별개로 나는 후배들에게 가능한 오래 회사에 남아 있으라고 말한다. 임원이나 결정권자의 자리까지 올라가라고 독려하기도 하고, 회사원으로 일하면서 독립을 충분히 준비하라는 얘기도 덧붙인다. 20년 동안 회사에 다닌 나는 앞으로 그보다 더 긴 기간 프리랜서로 일해야 할 것 같다. 평균 수명 100세 시대에 정년은 거꾸로 점점 빨라지는 추세다. 일하지 않고도 노후에 생활이 가능한 자본소득을 만들어둘 수 있는 시점, 그러니까 은퇴 가능한 시기까지는 일을 해야 한다. 상속받은 재산이 충분한 경우가 아니라면 누구든 언젠가는 프리랜서가 되거나 자기 창업을 해야 한다는 쪽이 맞을 것이다. 솔직히 찬밥 더

운밥 가리고 있을 처지가 아니라, 회사를 다닐 수 있는 한은 다니고 또 프리랜서로 자기를 운영할 수 있는 한은 굴려야 한다. 슬프게도 우리가 회사를 그만두게 되는 상황은 독립할 준비가 충분히 되었을 때라기보다 여러 가지 이유로 더 이상 버티기 어려워서일 경우가 많지만 말이다.

회사를 다닐 때는 내가 협상에 능한 사람이라고 생각해본 적이 없다. 연봉 계약 때도 딱히 적극적으로 인상을 요구하지 않았다. 어리석고 안일하게도 회사 상황에 따라 어느 정도 인상률이 정해져 있다고 믿었다. 하지만 상황이 사람을 바꾼다. 매사 계약서를 쓰고 일해야 하는 프리랜서가 되자, 딜을 하는 배짱이 늘 수밖에 없었다. 세상을 움직이는 동력이 옳고 그름보다는 이해관계라는 진실을 깨달았다고 할까. 언제나 계약서 건너의 상대는 나에게 적은 돈으로 많은 일을 시키고 싶어 한다. 제시하는 조건을 그대로 받아들인다는 건 나를 혹사시키는 결과를 낳는다. 다시 말하지만 프리랜서에게 일한 만큼 번다는 건, 버는 만큼 몸이 축난다는 뜻이다. 1인 회사의 대표로서 피고용인인 스스로를 보호할 수 있는 가장 기본적인 방법은 계약 협상 때 더 좋은 조건을 요구하는 것이다.

프리랜서는 출근이 따로 없지만 퇴근도 없다. 주중에

쉴 수 있지만 주말에 일해야 할 때도 있다. 혼자서 독립적으로 일할 수 있다는 말의 다른 뜻은 내 일을 대신해줄 수 있는 사람도 없다는 거다. 불확실성과 자율성은 함께 늘어난다. 밀도 높은 구글 캘린더를 열어보며 특별히 할 일이 빼곡한 구간에 눈이 멈춘다. "아, 이때 아프기라도 하면 병원 갈 시간도 없겠는데?" 그렇잖아도 촘촘한 계획표 사이로 운동을 집어넣는다. 프로젝트 하나가 끝나고 나서는 좀 긴 휴식의 기간도 잡아둔다. 18년차 프리랜서 국장급인 나의 동거인 김하나 작가의 말마따나, 생산만 계속해서는 높은 생산성을 유지할 수 없기 때문이다. 그렇게 덜 일해도 되도록 확보해낸 시간으로 나는 마감이 없는 평일 낮에 더 열심히 한강 공원과 산책로를 누릴 것이다. 치열하게 늦잠을 자고 침대에 오래 누워 있을 것이다. 철마다 계절을 느끼러 다닐 것이다. 내 고양이들과 함께 더 적극적으로 빈둥댈 것이다. 그것이야말로 프리랜서가 누릴 수 있는, 돈으로 환산되지 않는 가치이며 스스로에게 줄 수 있는 최고의 복지이기 때문이다. 또한 나 자신을 건강하게 유지하면서 계속 일을 해나갈 수 있는 방안이다.

생산성도 외주 줄 수 있나요?

검은색 카드키를 인식기에 대면 파란 불빛이 초록색으로 바뀌고 묵직한 출입문이 열린다. 충고가 높고 통유리로 되어 개방감이 드는 널찍한 공간 안에서 노트북을 앞에 둔 사람들이 드문드문 자리를 차지한 채 모니터를 들여다보거나 조용히 전화 통화를 하고 있다. 좌석들 사이에 설치된 벽은 자기 자리를 엄격하게 구획하는 묵직한 파티션 대신 투명 아크릴 가림막이다. 여느 사무실의 라운지와 가장 다른 점은 내내 음악이 흐른다는 것. 선곡은 매일 조금씩 달라지지만 대체로 아침부터 오후까지는 재즈, 오후부터 저녁까지는 경쾌한 팝이 흘러나오며 공간에 일정한 분위기를 부여한다. 내가 두 달째 이용하고 있는 공유 오피스 풍경이다.

"위워크에서 진짜로 일을 하고 있는 사람은 새벽부터 밤까지 그 공간을 쓸고 닦는 청소 용역뿐이다." 공유 오피스가 한창 새로운 사업으로 부상할 때 미국의 칼럼니스트가 쓴 시니컬한 글을 읽은 적이 있다. 공유 오피스를 이용해본 적이 없으면서도 나는 은근히 이 냉소에 공감하고 있었다. 크리에이터들이 서로 교류하는 네트워크 플랫폼이라는 이상. 참 듣기 좋지만 그건 영화에서 보는 실리콘 밸리와 판교 스타트업에서 야근에 찌든 친구들에게 듣는 현실 사이의 간극만큼이나 멀게 느껴졌다. 게다가 생맥주 탭이 설치되어 있다니 나 같은 사람에게는 몹시 위험하다. 놀 핑계가 얼마든지 있는 장소에서 언제 어떻게 일을 하겠어? 공유 오피스를 이용하는 사람들은 '글로벌 감각으로 일하는 기분'을 구매하는 거라고 쉽게 단정했다.

정신을 차려보니 내가 그런 사람이 되어 있었다. 프리랜서가 되고도 2년 동안 사무 공간이 따로 필요하다고 느낀 적은 없었다. 아무리 작은 공간을 얻는다고 해도 매월 최소 수십만 원에서 백만 원의 고정 비용을 부담하는 것보다 자유롭게 지내는 쪽이 낫다고 생각했다. 사무실 월세를 내기 위해 하고 싶지 않은 일을 받아서 해야 한다는 상상을 하면 미간이 찌푸려졌다. 그리고 아침부터 밤까지, 언제든 기분 따라 골라서 이용할 수 있는 이동 사무실이 나에게는 있었다. 누가 내려주는 커피와 맛있는 간식이 기다리는, 바로 동네 카페들.

　그 자유에 제한이 생긴 건 팬데믹 이후부터다. 코로나19
는 살면서 한 번도 겪어보지 못한 경험을 하게 만들었고, 그
경험을 통해 발견하는 건 나 자신이었다. 카페에 한두 시간
앉아서 차를 마시는 그 평범한 일을 못하게 되면서 알게 되
었는데 나는 집에서도 일을 할 수 있는 사람이었지만, 집에
서'만'은 일을 하기 어려운 사람이었다. 아무 때나 누울 수 있
는 침대가 있고, 해도 해도 끝나지 않는 집안일이 있다. 프리
랜서에게 집은 너무 위험한 장소였다. 한 번 놓친 생산성의
실마리가 빨려 들어가 사라지는 블랙홀이었다.

　원고지 수백 매의 글을 썼던 동네 카페 테이블을 사랑
하지만, 그곳이 유명해지면서 카메라 셔터 소리에 둘러싸였
다. 일하기 좋은 카페의 쾌적한 채광과 아늑한 인테리어, 예
쁜 소품들은 관광객들에게도 매력적이었던 거다. 그나마도
테이크아웃만 가능해져서 이용할 수 없어졌기에 스터디 카
페로 작업 공간을 옮겨보았다. 독서실처럼 어둑하고 조용한
환경이 집중하기 좋았고 시간당 이용료도 저렴했다. 그런데
이용을 마치고 집에 와서 문자를 받았다. 타이핑 소리가 너
무 시끄럽다는 신고가 접수되었다는 것이다. 무소음 마우스
와 노트북 키커버를 바로 주문했지만, 수치심이 들어 거기

다시 가지는 못했다. 카페에서 자꾸 사진을 찍어대는 셀피 빌런들 때문에 고통받았건만 스터디 카페에서는 내가 키보드 빌런이었다니. 결국 집에서 가까운 공유 오피스 사이트에 내 이메일 주소를 넣고 신용카드 번호를 등록했다. 넷플릭스 구독만큼 쉬웠다.

"요즘 공유 오피스란 곳은 정말로 힙하구나! 그리고 여기가 바로 내향인의 지옥이야." 함께 가이드 투어를 마치고 나서 김하나는 이렇게 말했다. 동거인은 누가 자기 모니터 뒤로 지나가기만 해도 한 글자도 못 쓰는 사람, 집에서도 아무도 방해하지 않는 새벽 시간 자기 방 안에 숨어서 일하는 걸 선호하는 내향인이다. 뻥 뚫린 공간에 인구밀도가 높고 많은 사람들이 오가는 공유 오피스가 그렇게 힘든 곳으로 보였나 보다. 그리고 외향인 중에 외향인인 나는, 바로 이 내향인의 지옥 덕분에 구원받았다.

회사원으로 살았던 20년, 당연히 사무실에 내 자리를 가졌던 기간에는 어디에서 일할까 하는 문제를 한 번도 고민해보지 않았다. 고민할 필요가 없었다. 아무 데서나 잘 자라는 식물처럼 아무 곳에서나 생산성을 발휘하는 사람이면 참 좋겠다는 생각도 든다. 하지만 집의 식물들도 각자에게 맞는 방식으로 섬세하게 돌볼 때 더 싱그럽다. 일하는 나에게도 어떤 채광과 환기와 온도와 습도가 필요한지 들여다보고 그런 환경을 마련해줘야 한다. 카페보다 규모가 훨씬 큰 공유 오피스 공간은 더 쾌적하게 공조 시스템 관리가 되고, 무엇보다 주변에 다들 일하는 사람이라는 것이 진지한 분위기를 형성한다. 적지 않은 돈을 주고 헬스장에 등록하는 것은, 그 돈을 지불하고 헬스장 공간에 내 의지를 외주 주는 행위였다. 공유 오피스도 마찬가지로 내 생산성을 외주 주는 대상이었다. 수긍하게 된다. 공유 오피스에서 파는 게 일하는 기분이라는 게 틀린 말은 아니지만, 사람은 적지 않은 돈을 주고 기분을 사야 할 필요도 있다는 것을.

한편으로 흥미롭다. 일본 긴자의 스타벅스에서는 시간당 요금을 지불하고 커피를 마시며 업무 공간을 이용할 수 있는 서비스를 시작했다고 한다. 월 정액을 지불하는 이용자들에게 커피를 무한정 제공하는 공유 오피스, 그리고 일정 시간 예약해서 쓸 수 있는 사무 데스크를 제공하는 프랜차이즈 카페. 랩톱을 지고 떠도는 유목민들을 위한 서비스로 어느 쪽이 더 흥하게 될까? 나는 또 어디에다 일하는 나를 데려다 놓게 될까? 사람들의 라이프 스타일도, 산업구조도 빠르게 변해간다. 그 속에서 일하는 나도 균형을 늘 새로 잡으며 같이 변한다.

계약서는 카드 영수증이 아니니까

새로운 프로젝트를 준비하는 기간, 몇 차례의 미팅과 이메일이 오간 다음 담당자로부터 검토하고 사인해달라는 계약서가 도착했다. '제작물 제공 및 전송권 부여 계약서' '2차 저작물 작성권 부여 계약서' '해외전송 및 유통 허락 계약서'까지 무려 세 부나 된다. 각각의 매수가 많지 않은데도 검토하는 데 시간은 하염없이 걸린다. 불면증으로 고생하는 사람들은 양을 세거나 두툼한 책을 펴드는 대신 뭐든 계약서를 읽으려고 시도해보면 분명 도움될 거다. 외국어도 아닌데 갑과 을로 시작하는 딱딱한 문장과 어려운 한자로 된 법률 용어 속에 길을 잃은 채 멍해지곤 한다.

회사원일 때는 계약의 상황도 자주 오지는 않고, 법무팀이 검토하도록 넘기면 그만이었다. 내가 서명해야 하는 계약서에서 확인해야 할 사항도 연봉의 액수 정도로 명쾌했다. 하지만 프리랜서가 되고 나서는 다양한 의무와 권리, 수익 배분에 대해 어떻게 명시되어 있는지 점검할 부분이 늘어났다. 부동산 계약을 할 때는 서류에 불합리한 부분이 없는지 대신 살펴주는 중개인이라도 있지, 다양한 계약서 내용을 확인하고 서명해야 할 때마다 고독하기 짝이 없다. 그럴 때마다 생각한다. 회사에서 전문가의 조력을 받듯 나에게도 개인 변호사가 있다면 얼마나 좋을까? 기왕이면 영화 〈결혼 이야기〉의 로라 던 같은 사람이면 좋겠다. 내 지친 마음을 위로하고 북돋워주면서, 능수능란하게 싸울 줄도 아는 노련한 법적 대리인이 필요하다. 아마 수수료로 내 연봉의 절반 이상을 가져가겠지만 말이다.

계약할 때 가장 피해야 할 태도는, 어려운 용어 공격을 받고 그만 멍해진 상태로 '뭐 별다른 점 있겠어?' 하며 사인을 해버리는 일이다. 특히 젊은 여성들은 평생 공손한 태도가 미덕이라고 교육받아왔기 때문에 계약 내용에 대해 이의를 제기할 엄두를 못 내는 경우가 많다. '큰 회사에서 하는 일인데, 나 말고도 여러 사람이 계약했는데, 알아서 잘 작성했겠지.' 이런 생각도 절대 해선 안 된다. 개인인 내가 계약을 맺게 되는 상대방은 대체로 회사다. 계약서에서는 내가 갑이라 적혀 있을지 모르지만, 회사는 언제나 개인보다 강자다. 모든 회사에는 법무 팀이 있고 로펌에 컨설팅도 받는다. 지금 당신의 손에 쥐어진 그 계약서를 내보내기 전에 합법적인 선 안에서 자신들이 절대 손해볼 일 없도록 살벌하게 챙길 부분을 챙겨놨다는 뜻이다.

계약서 검토가 너무 어렵게만 느껴질 때 나는 이런 방식을 사용한다. 전체를 펴놓고 오래 들여다보는 대신 꼭 확인해야 할 내용을 리스트로 작성한 다음 역으로 문서 속에서 그 항목을 찾아보는 것이다. '인세 비율은 10%라고들 하는데, 이건 왜 몇 년째 그대로인 거지?' '그럼 전자책 인세는 어떻게 되지?' '혹시 드라마나 영화 판권이 팔리면 저자가 받는 몫은 몇 퍼센트일까?' 이런 식의 질문 리스트를 작성해본다. 금액, 요율, 기간 등 숫자가 들어가는 부분을 특히 꼼꼼하게 살핀다. 같은 회사, 혹은 같은 업계에서 비슷한 내용의 계약을 해본 동료나 선배에게 조언을 구하는 일도 도움이 된다. 놓쳤거나 후회되는 부분에 대해서 기꺼이 경험을 나누려고 할 사람들이 분명 있다. 밥 정도는 사야겠지만, 로라 던에게 지불해야 하는 수수료보다는 틀림없이 적을 거다.

내 친구 A는 출판사와 계약하면서 마감이 늦어지면 하루에 일정 금액을 원고료에서 제한다는 내용을 발견하고 기겁한 일이 있다. 나 역시 같은 조항이 들어가 있는 계약서를 받은 적이 있고, 항의해서 해당 항목의 내용을 삭제했다. 마감은 기한 안에 마쳤다. 이게 말도 안 되는 악성 조항인 이유는 다만 작가의 자존심을 건드리기 때문만이 아니다. 저자가 원고를 제때 넘기고 나서도 약속한 날짜에 입금을 받지 못하는 경우는 너무 많다. 하지만 회사에서 지급이 지체된 날짜만큼 이자를 더 지급해야 한다는 계약 조항은 어디에도 없다.

모든 계약 이전에는 생략되는 선행 단계가 있다는 점을 기억하자. 바로 협상이다. 계약서에 적힌 내용은 돌에 새겨져 시나이 산에서 떨어진 십계명이 아니다. 하늘 아래 모든 조건은 내가 협상하기 나름이라는 자세로 임해야 한다. 협상을 하지 않고 상대편에서 제시하는 대로 계약서를 받아들였다면? 고칠 부분이 분명 있다는 뜻이다. 계약서를 꼼꼼하게 확인하는 것도 필요하지만, 중요한 건 협상 테이블에 앉는 나의 태도다. 내가 제대로 일하기 위해 더 나은 환경을 요구하겠다는 자세, 스스로를 보호하겠다는 마음가짐 말이다.

영화 〈작은 아씨들(2019)〉에서는 원작자인 소설가 루이자 메이 올컷의 자전적 캐릭터인 조가 출판사와 계약하는 장면이 나온다. 출판사 대표는 이 정도 초짜 작가는 수도 없이 다뤄봤다는 식의 닳고 닳은 자세를 보이며 계약금 선입금을 빌미로 저작권을 요구한다. 다행히 조는 기개 있는 성격답게, 호락호락하지 않은 자세로 협상에 응한다. 인세 5%를 제시하는 그에게 10%를 부르는 것이다. 두 배를 요구하다니 무모하다 싶을지 모르지만, 핑퐁이 오가다가 결국 출판사에서도 솔깃할 만한 협상안을 내놓고 타결된 인세율은 6.6%였다. 겨우 1.6% 올렸다고 생각할 일이 아니다. 처음의 5% 인세에서는 30% 이상 인상된 비율이며, 판매 부수가 쌓일수록 이 비율은 큰 차이를 만들어낸다. 처음부터 상대방이 제시하는 계약 조건을 그대로 받아들였을 때와는 유의미하게 다른 결과가 발생하는 것이다. 무엇보다 조는 저작권을 끝까지 포기하지 않는다.

〈작은 아씨들〉이 품은 화두는 원작으로부터 1백 50년이 지난 지금까지 이어진다. 관행의 이름이건 무슨 대단한 상을 준다는 대의명분이건 간에 은근슬쩍 작가에게서 저작권을 가져가서 이익을 취하려 하는 회사의 횡포를 우리는 여전히 목격한다. 절대로 계약서에 쉽게 서명해서는 안 되는 이유다. 지친 나를 위로하고 북돋우면서 노련하게 싸울 줄도 아는 법적 대리인이 없다면, 나 스스로에게 그런 사람이 되어주어야 한다.

거절 못하는 사람들에게

거절을 잘 못해서 고민이라는 얘기를 자주 듣는다. 남들과 싸워 이기거나 목표를 위해 이기적이 되어도 좋다는 얘기 대신 주변을 배려하는 친절한 사람이 되라는 말을 더 자주 들으며 교육받아온 여성들은 더욱 그렇다. 자기 형편은 부탁을 들어줄 상황이 아닌데도 거절하지 못하다가 나중에 난처해 하는 경우를 주변에서 종종 본다. 대체로 마음이 약하고 착한 사람들이다. 누군가를 실망시킬까봐, 상대방이 곤란해 하는 모습을 보기 괴로워서, 부탁한 사람과 관계가 멀어질까봐, 혹은 좋은 평가를 얻고 싶어서 등등의 이유로 그들은 거절을 못한다. 딱한 사람들이기도 하다. 사생활에서 그런 경우에도 많은 문제가 발생하지만 공적인 페르소나 역시 거절 못하는 사람으로 살아가면 더 심각해진다.

나는 거절을 잘하는 편이다. 좋은 사람이라는 평가가

아쉽지 않거나 상대의 실망하는 반응에 연연하지 않는 강심장이라서는 아니다. 신입사원 시절에는 거절이 어려워서 결정을 오래 끌다가 결국 무난하게 거절할 시기를 놓치고 울며 겨자 먹기로 떠맡게 되는 일도 잦았다. 거절을 잘하게 된건 일하면서 조금씩 습득된 기술이다. 그 기술은 거꾸로 내가 거절을 많이 당해보며 생겼다.

에디터로 일할 때는 거절당하는 게 일상이었다. 이달 안에 어떤 인물을 꼭 인터뷰하고 싶어 연락하지만, 대개 3주 안에는 사진을 찍고 만나서 이야기 나눠야 하는 월간지 일정에 맞추기 힘든 경우가 많다. 그 시점에 화제가 되는 인물일수록 더 그렇다. 그들은 언제나 바쁘고, 지금 취재하고 싶어 하는 매체는 너무 많으니까.

인터뷰이 말고도 사진가나 헤어 메이크업 스태프들을 꾸릴 때도, 실력 있는 사람들은 늘 일이 많고 스케줄이 차 있게 마련이다. 하지만 섭외에 실패해서 속상해 하거나 분해하는 건 꼬마 에디터 때로 그만두었다. 거절당했다는 좌절감 속에만 머물러 있어서는 일을 계속해나갈 수가 없고, 그러면 나만 손해다. 일이 되게 만들려면 플랜 B, 플랜 C를 가지고 다시 시도해야 한다. 내가 상심하는 시간을 줄이고 빠르게 대안으로 넘어갈수록 해결되는 속도도 그만큼 빨라진다.

잽을 몇 대 연이어 맞는 정도로 사람은 쓰러지지 않는다. 여러 번 거절당할수록 작은 잽을 맞듯 조금씩 에너지를 소모하지만 일에 결정적인 타격을 입지는 않는다는 걸 배우게 된다. 많이 거절당해보는 경험은 오히려 유연한 대처 능력을 키워 일하는 맷집을 키워주기도 한다. 그리고 무엇보다 거절이라는 행위 자체의 무게를 줄여준다. 우리가 해내는 일들은 대개 수많은 거절과 고사와 안 맞는 운때 끝에 가까스로 이루어진다. 인생이 타이밍이라는 말은 연애할 때나 일할 때나 진리다.

승낙받는 게 아니라 거절당하는 게 세상 일의 디폴트구나, 하고 여기는 게 반드시 부정적인 자세를 의미하지는 않는다. 오히려 비관주의자의 낙관이 거기서 싹튼다. 가볍게 다양하게 시도해보는 일이 부담스럽지 않고, 뭔가 하나라도 성사시켰을 때 쾌감이 더 크다. 일하는 게 어렵다는 걸 인정하고 잔가지가 좀 부러지더라도 묵묵하게 나무를 지고 나를 때, 비로소 쉬워지는 면이 있는 것이다.

회사에서 독립해 일하게 되자 입장이 바뀌어 거절을 해야 하는 일이 더 많아졌다. 인터뷰를 요청해오는 곳들도 있고, 어떤 프로젝트를 함께 해보자는 제안들도 있다. 프리랜서 에디터/작가라는 내 역할 자체가 그렇다. 먼저 일을 꾸려

서 만들어가기보다 나의 특수한 기술을 필요로 하는 사람들
이 벌이는 판에 제안을 받고 들어가서 역량이나 기능을 발
휘하는 식으로 일하게 된다. 들어오는 제안 중에 무엇을 하
고 무엇은 하지 말아야 할지를 고민하고 결정한 다음 거절
메일을 쓰는 일이 업무 자체만큼이나 중요하게 되었다. 프
리랜서는 일하는 건수만큼 돈을 번다. 하지만 이것저것 다
욕심껏 할 수가 없다. 내 시간과 에너지와 사회성과 체력은
유한한 자원이기 때문이다. 그 일을 하고 난 결과로 받게 될
평판을 포함해서.

　　혼자 일한 기간이 나보다 훨씬 긴 김하나 작가에게도
거절에 대한 태도를 물어보았다. 서서히 단련된 나와는 다
르게 동거인은 거절의 중요성을 인식한 정확한 계기를 기억
하고 있었다. "프리랜서 카피라이터가 되고 나서 얼마 안 되
었을 때였어. 그때까지는 들어오는 일을 거절하지 못하고
다 받는 편이었는데, 어느 날 밤새 일하다가 펑펑 운 적이 있
어. 일의 뚜껑을 열어보니, 물리적으로도 불가능하게 많은
양의 카피를 하루 만에 써달라고 맡긴 거야. 도저히 막막해
서 눈물밖에 안 나더라구." 상황을 듣자니, 내부에서도 명백
히 소화하기 힘든 분량의 업무를 급히 외주 용역으로 뺀 거
였다. 조금 비열한 처사 같기도 했지만 일단 맡기로 한 이상

은 책임을 피할 수 없는 노릇이다. 거절할 기회는 지나가버렸으니까. 동거인은 그때 이후로 거절도 업무의 일부로 인식해서 조금씩 연습하기 시작했다고 한다. 책임질 수 있는 일만 확실히 책임지기 위해서. 쉴드쳐줄 상사도 백업해줄 동료도 없는 스스로를 보호하기 위해서.

일할 때의 거절은 내 영역을 지키겠다는 선긋기다. '철벽을 친다'라는 표현은 대개 사람을 묘사할 때 부정적으로 사용되지만, 반대로 경계선이 아예 없는 사람을 부르는 다른 말은 아마 '호구'일 것이다. 좋은 사람과 쉬운 사람은 다른데, 거절을 못하다 보면 어느새 주변에 쉬운 사람이 되어 있기가 쉽다. 그리고 쉬운 사람이 반드시 좋은 사람은 아니다. 일 잘하는 사람일 확률은 더 낮다.

선택과 집중을 위한 거절의 기술

친구들이 요즘 어떻게 지내냐고 물으면 그냥 웃으며 바쁘다고 대답한다. 바쁨의 상세 내역은 이렇다. 재밌을 것 같아서 새로 시작한 칼럼 연재 A와 원래 하고 있던 연재 B, C의 마감이 번갈아 돌아오는 가운데 작년에 계약한 단행본 D를 쓰고 있으며, 동시에 꼭 만나고 싶은 인물이라서 수락한 인터뷰 E, 새로운 업무라서 도전해보기로 한 브랜드 카피라이팅 F를 진행 중이다. 빠듯한 일정이지만 도망가지 않고 버티는 건 모두 내가 기꺼이 하기로 결정한 일이라서다. 맡은 일을 가능한 잘 해내려 하고, 그러기 위해 미리 거절을 많이 한다. 차마 거절을 못 해서 하기로 한 일이 하나라도 섞여 있다면 나머지 일들의 퀄리티에도 영향을 미친다.

선택과 집중을 위해 어떤 일을 거절하면 좋을까? 그 결정에 개개인의 가치관이 개입할 것이다. 내 경우의 기준을 소개해보자면 이렇다. 우선 "돈은 줄 수 없지만 네 경력이나 홍보에도 도움이 되니까 함께해보자"는 일은 1차로 거른다. 자본주의 사회에서 이런 제안은 경쟁력이 없다. 내 경력이나 홍보에 도움되면서 보수도 지급해주는 일들을 하기에도 시간이 모자라기 때문이다. 재능 기부를 요청하는 일들의 비중이 늘어난다면 당연히 소득은 줄어든다. 페이를 약속하고도 지급 시점이 되면 흐지부지해지거나 미뤄지는 일들도 많은데 처음부터 경제적 리스크를 높여놓는 건 위험한 일이기도 하다. 작은 규모의 공익 단체와 좋은 의도에 공감해 일을 하게 될 경우가 없진 않다. 내 경우 그럴 때는 그쪽에서 제시하는 페이가 평균보다 조금 낮더라도 받아들이고 일한 다음, 나중에 내 형편껏 그 이슈를 돕기 위한 기부금을 낸다. 그편이 더 건강한 순환 같다.

의뢰인이 일을 잘 못하거나 나와 업무의 합이 잘 맞지 않는 경우에도 가려서 거절해야 한다. 일하는 과정에서 몇 배로 힘이 들고 에너지가 소모되기 때문이다. 이 경우에는 처음 연락 때부터 뭔가 이상한 기운이 느껴지는 경우가 많다. SNS 쪽지로 복사해서 붙인 것 같은 내용을 보내거나, 내 이름이나 회사 이름을 잘못 적는다거나, 누구에게 어떻게 연락처를 전달받았다는 이야기도 없이 자기 편한 대로 카톡을 보내는 경우 등이 여기에 해당된다. 이럴 때는 "메일로 내용을 정리해서 보내주십시오"라고 요청하면 1차로 걸러진다. 일을 의뢰하기 위해 형식을 갖춘 글을 써서 보내는 성의조차 없으면서 한번 찔러보는 사람들이 적지 않은 것이다. 뭔가 이상한 사람을 알아채는 본능은 누구에게나 있다. 촉, 혹은 눈치, 뭐라고 부르건 자신에게 축적된 그 빅데이터를 믿고 해석 능력을 연마하면 일을 고르는 안목을 기르는 데 도움이 된다.

아는 사람을 빌미로 해서 일을 청탁해오는 경우도 조심해야 한다. "나를 봐서 한 번만 도와줘." 이렇게 말하는 사람이, 거꾸로 그 일이 문제가 되었을 때 나서서 해결해주는 경우는 없다. 친구에게 돈을 빌려줄 때 잊어버릴 수 있는 금액만큼 빌려주고 받을 기대를 하지 말라는 이야기가 있는데, 일도 마찬가지다. 정말 도와줘야 하고 돕고 싶은 사람이라면 차라리 베푼다고 생각하고 내가 할 수 있는 일부 업무만 정확하게 거들어주되, 연결해준 이에게 그 사실을 확실히 주지시킨다. 마지막으로, 하고 싶고 할 수 있어도 거절하는 쪽으로 결정 내리는 일이 있다. 내가 구상하는 앞으로의 커리어 방향에서 벗어나는 일이다. 어렵지 않게 할 수 있는 일이지만 주니어 연차 때 하던 업무를 되풀이하는 수준에 그

친다면 단순 알바와 크게 다르지 않다. 물론 돈을 벌기 위해서 어렵지 않게 하는 알바도 때에 따라서는 소중하다. 하지만 시간과 체력을 쪼개 써야 하는 처지라면 이야기가 달라진다. 내 경우 매거진에서 의뢰받는 원고 청탁을 결정할 때 이 기준을 적용한다. 몇 년 전의 나도 충분히 할 수 있던 일에 에너지를 쏟기보다는, 그 힘을 아껴 새로운 일들을 해보며 앞으로의 내가 하고 싶은 방향 쪽으로 나아가기 위해서다. 정세랑 소설가는 어느 인터뷰에서 이런 말을 했다. "내가 아니어도 되는 일은 하지 않습니다." 이 역시 일을 선별할 때 아주 명쾌한 기준이다.

거절하는 게 나을 일들을 꼽아보고 기준을 세워보지만 회사생활을 하는 사람이라면 상황이 다를 것이다. 조직 안에서는 이 모두에 다 해당되는 일이라도 웃으면서 해야 할 경우가 있다. 거절할 수 있는 자유도 내가 표면적으로나마 '갑'일 때나 가능하다. 회사에서 선을 넘고 들어오는 사람들로부터 내 영역을 완전히 지키기가 어렵다면 적어도 내 직속상관, 또는 업무를 넘기는 이의 상급자가 상황을 알고 있도록은 해야 한다. 최소한의 자기 보호를 위해서다.

거절하기로 결정을 내렸다면 한 가지만 기억하자. 그 결정에 대해 당신은 미안해 할 필요가 없다는 것이다. 이건 어디까지나 감정이 아니라 일의 문제이며, 거절의 사유에 대해 소상히 밝힌다면 상대방에게 고마운 일이 될 수도 있지만 그게 반드시 당신의 의무는 아니다. 그럴듯한 이유를 대기 위해 고민하느라 시간을 끌다가 난처해지는 것보다는 신속하게 못한다고 말해버리는 것이 상대에게도 도움이 된다.

끝에서 시작되는 기회

○○○에디터님 안녕하세요.

새해 좋은 제안 주셔서 감사합니다. 평소 좋아하던 △△
△에서 제 글을 관심 있게 읽어주시고 청탁 요청을 주셔서
반가운 마음입니다.

다만 기획하고 계신 아이템이 요즘 저의 관심사와는 다소
멀어진 주제라서 쓰기 어렵겠다는 말씀을 드립니다. 1월 중
으로 단행본 마감도 앞두고 있어서 기존 연재 외에는 다른
글에 시간을 내기가 어려운 상황이기도 하고요.

모쪼록 양해를 부탁드립니다. 저는 참여하기 어렵지만 더
적합한 필자 분을 찾아서 기획 잘 진행하시기를 기원하겠습
니다. 나중에 △△△ 지면으로 멋지게 완성된 칼럼 볼 수 있
기를 기대할게요.

따뜻한 시선으로 지켜봐주셔서 감사합니다. 에디터님도 새해에 좋은 사람들과 행운이 함께하시기를 바랍니다. 복 많이 만드세요.

황선우 드림

거절 메일의 예시를 위해 최근에 내가 쓴 거절 메일들 몇 개를 편집해본 내용이다. 업무 메일은 정성껏 쓰고, 거절 메일은 더 정성껏 쓴다. 나 역시 거절을 많이 당해봤기 때문에, 거절하게 될 때도 잘 하려고 노력한다. 잘 거절한다는 것에는 두 가지 의미가 있다. 최대한 상대방의 기분을 상하게 하지 않으면서 내 의사는 분명하게 전달한다는 뜻. 기분만 배려하다가 거절의 뜻을 불분명하게 전달하면 실패고, 확실한 거절을 표시하려다 너무 차갑게 구는 건 오버다. 그러기 위해 거절 메일을 쓸 때는 네 가지 내용이 빠지지 않도록 구성한다. 1) 나에게 기회를 제안해준 데 대한 감사와 반가움, 2) 제안을 받아들일 수 없는 상황에 대한 아쉬움과 거절의 의사 표현, 3) 거절의 사유 설명, 4) 프로젝트가 성공적으로 진행되기를 바라는 기원과 인사.

형식은 일관되지만 내용까지 복붙 한다는 뜻은 아니다.

매번 다르게 정성을 담는다. 나를 찾아주는 곳이 있다는 건 분명 고마운 일이고, 거절이란 조금 더 집중하고자 하는 일이 있어 나름의 우선순위를 세우는 과정이기 때문이다. 그렇게 일을 정돈하는 마음이 전해지도록 충분히, 그리고 정갈하게 표현하려 애쓴다.

본론이 되는 거절의 사유는 최대한 솔직하게 밝힌다("저희 브랜드와 색깔이 맞지 않는다고 판단해 협업이 어렵겠습니다"). 다른 핑계를 댔다가는("이번 시즌에는 마케팅 플랜이 정해져 있어 불가능하겠네요") 상대방이 그 부분만 방해되는 상황으로 받아들여 다시 제안하고, 문제가 제자리로 돌아오는 경우가 있기 때문이다("그럼 다음 시즌도 좋습니다. 언제든 가능할 때 말씀해주세요").

솔직하려다가 너무 무례해지진 않을까 걱정되는 때도 있다. 그럴 때 빌려 오기 좋은 사유는 상급자를 등장시키는 방법이다("부장님께서 검토하셨는데 진행하지 말자고 하시네요. 아시다시피 저희 부장님 취향이 워낙 깐깐하세요"). 비겁하다고? 『손자병법』에는 '도망가기'가 버젓이 전술의 한 방법으로 실려 있다는 걸 잊지 말자. 물론 보고 단계에서 부장님과 서로 다른 입장이 아니라는 정도는 협의하고 방향을 맞춰두는 과정이 사전에 필요하다("부장님도 아니라고 판단하시는 거죠? 그럼 진행하지 않는 걸로 제가 의사 전달하고, 정리하겠습니다").

　중요한 점은, 당신에게는 이유 없이 거절할 자유도 있다는 거다. 설명할 만한 사유를 찾다가 너무 오랜 시간을 흘려보내는 것보다, 차라리 이유를 밝히지 않더라도 빠르게 거절하는 편이 낫다. 일을 승낙할 때보다 거절할 때 더 빨리 답해야 하는 이유는 상대방이 대안으로 어서 넘어갈 수 있도록 하기 위해서다. 플랜 B로 진행할 수 있게 시간을 벌어주는 건 거절하는 사람이 발휘할 수 있는 기본적인 배려다. 그런 맥락에서 '한번 만나 상세히 이야기나 들어보고 거절한다'는 건 거절을 더 어렵게 만드는 길이다. 상대방에게는 설득할 여지를 내어주는 일이며, 수락할 가능성이 높아졌다고 해석하게 만드는 제스처다. 게다가 약속을 잡고 만나고 하는 동안 서로의 소중한 시간이 흘러버리면서 시간의 빚까지 지게 된다.

　거절 메일을 보내는 일이 마지막 단계는 아니다. 이 모든 과정이 아름답게 마무리되는 건 거절에 대한 답장이 다시 올 때다. "아쉽군요. 다음에 좋은 기회로 함께하면 좋겠습니다." "알겠습니다. 나중에 또 연락드리겠습니다." "분명하게 알려주셔서 감사합니다. 지금 하신다는 다른 일이 잘 되

기를 바랍니다." 이 한두 줄의 회신이 있고 없고가 제안한 상
대방에 대한 인상을 완결한다. 내 거절을 산뜻하게 받아들
이고 답을 주는 사람과는 얼마든지 다음을 도모할 수 있다.
하지만 아무 답이 없다면? 이 프로젝트에 내가 꼭 필요하다
고, 반드시 함께하면 좋겠다던 감언이설 자체가 진정성 없
이 공허하게 느껴진다.

　　후배 A는 브런치에 게재하던 글을 모아서 책을 내보자
는 제안을 두 군데 출판사에서 받았다. 고민하다가 한쪽으
로 마음의 결정을 내리고, 다른 쪽에 거절하기 위해 전화를
걸었다. 메일이나 문자로 짧게 답하기가 미안하게 여겨졌기
때문이라고 한다. 그런데 출간을 제안했던 편집자의 대응은
까칠했다. "아 네, 뭐 이런 일로 전화까지 주셨어요?" 그 반
응은 거절당한 머쓱함을 털어내기 위한 과장된 몸짓이거나
자기방어적 행동으로 보였다. 하지만 아마 A는 몇 년 뒤 다
음 책이라도 그쪽과 뭔가 해보는 일은 없을 것이다. 그 이야
기를 전해 들은 나에게도 좋지 않은 평판이 전해진 건 물론
이다.

　　우리가 만나서 함께 일할 수 있는 인연은 결코 흔한 기
회가 아니다. 그러니 처음 제안하고 거절당하는 일은, 바둑
판에서 첫 두어 수를 놓는 일이라 받아들이자. 서로 명함을

건네는 정도의 인사라 여기자. 명랑하게 제안하고, 감사하며 거절하고, 산뜻하게 거절을 받아들이고 납득을 표현하는 과정까지가 씨앗을 뿌리는 행위에 포함된다. 나중에 적절한 온도와 습도가 갖춰져 타이밍이 무르익을 때, 그렇게 한참 앞으로 나아가다가 뒤를 돌아보면 적기를 맞이한 싹이 커가고 있을지 모른다. 거절은 또 다른 시작이다.

일하는 사람의 SNS 사용법

아끼는 에디터 후배들을 만나면 인스타그램을 잘 하고 있는
지 물어본다. 매체 공식 계정을 어떻게 관리하느냐는 질문
은 아니다. 멋진 물건을 사고 근사한 장소에 갔다는 인증을
자랑하라는 얘기도 아니다. 요즘 무슨 일을 했는지, 그달 가
장 뿌듯한 업무 하나씩이라도 개인 계정에 꼭 올리라고 말
한다. 자꾸 강조하게 되는 건 정작 나도 잘 못했던 일이기 때
문이다. 회사원이던 시절에는 SNS를 적극적으로 해야 할 필
요를 못 느꼈다. 가만히 있어도 속한 조직 이름으로 내가 설
명되었고, 그 조직의 성과 속에 내가 포함되어 있었고, 회사
일만 하기에도 바빴기 때문이다.

　회사에 다니는 동안 인스타그램은 거의 뭘 먹고 다니는
지 식도락 기록용으로나 썼고, 그보다 오래 한 트위터에는
시시콜콜한 농담이나 쏟아냈다. 채널을 관리하는 전략이나

피드를 일관된 톤 앤 매너로 채우겠다는 성의 따위는 없었
다. 봉준호 감독, 박찬욱 감독, 김연아 선수, 정우성 배우, 다
양한 아이돌 그룹… 패션 매거진에서 일하는 동안 영향력이
큰 사람들을 자주 인터뷰했지만 같이 사진 한 장 찍자고 부
탁해서 개인 계정에 올린다거나 하는 건 상상만 해도 낯 뜨
거운 일이었다. 그럴 시간과 여유가 있으면 뭐 쓸 만한 질문
이라도 하나 더 물어보자 싶기도 했고, 공적인 일로 사리사
욕을 채우는 것 같아 쿨하지 못하게 느껴졌다.

　내가 벨라 하디드나 타일러 더 크리에이터도 아닌데 뭘
그렇게 피드를 관리해야 되나? 해시태그 잔뜩 붙여가며 라
이프스타일과 취향을 은근히 전시하는 거 좀 속물 같은데….
약간은 비딱한 시선도 갖고 있었다. 콘텐츠 만드는 일을 하
기 때문에 더더욱, 개인 계정에서만은 일하는 자아를 내려
놓고 편하게 놀거나 쉬고 싶다는 생각도 있었다. 요즘 Z세대
들은 팔로잉이나 게시물이 적은 것도 멋을 위해 중요하다고
하는데, 정보 중독에 가까운 나는 닥치는 대로 구독을 늘리
고 충동적으로 아무 사진이나 올렸다. 어제는 같이 사는 고
양이, 오늘은 친구들과 모여서 쌓은 술병의 산, 내일은 응원
하는 야구팀의 형편없는 경기를 욕하며 찍은 TV 화면 사진
들이 대중없이 피드에 쌓여갔다. 무엇을 보여줄지 고심해서

선택하는 미디어가 아니라, 일상적인 감정을 쏟아내는 배출구로 사용한 거다.

다소 엉뚱하고 독특한 자기계발서인 『아웃사이더의 성공 노트』(책읽는수요일, 2019)에 따르면 나는 소셜 미디어를 잘못 활용하는 대표적인 예였다. 《럭키》 매거진 부편집장을 거친 디지털 미디어 전략가인 저자 제니퍼 로몰리니는 특히 구직을 염두에 둔 사람이라면 자신의 소셜 미디어 계정을 보수적인 시각으로 검수하고 한 번씩 정리하라고 충고한다. 조언의 핵심은 이거다. "그 계정들이 직업인으로서 당신을 얼마나 잘 드러내줄 수 있는지 판단해보아라." 밑줄을 그어야 할 부분은 물론, '직업인으로서'다.

몇 년 사이 세상도 내 처지도 바뀌었다. 프리랜서가 되자 내가 나서서 알리지 않으면 아무도 내가 뭘 하는지 알아주지 않는다는 걸 순식간에 깨달았다. 업무는 일을 마칠 때가 아니라 내가 한 일을 알릴 때 끝나는 거였다. 널리 알릴수록 비슷한 일의 기회를 물고 오는 게 일의 속성이기 때문이다. 각각의 매체 사이트에 들어가거나 RSS로 글을 구독하기보다 SNS에서 뉴스를 읽고 콘텐츠를 소비하는 요즘 독자들의 트렌드도, 인스타를 통해 내가 쓴 글을 일부라도 공개하게 만든다. 혼자 일하면서 동료의 피드백이 없어 외로워질 때는 팔로워들이 남겨주는 긍정적인 댓글이나 DM 반응에서 용기를 얻기도 한다.

나 역시 누군가와 같이 일할 기회가 생기면 그 사람의 인스타그램 계정에 들어가본다. 인스타그램 계정을 업무 포트폴리오로만 건조하게 사용하는 사람이 아니더라도, 자연스럽게 요즘 관심 갖는 분야, 세상에 대한 시각, 취향에 대한 정보를 얻고 만남의 배경지식으로 활용하게 된다. 멋지고 예쁜 사진이 아니더라도 주제를 가지고 일관적으로 콘텐츠를 올리는 사람들의 성실함에 호감을 갖게 된다. 반려견 산책, 현관 앞에서 찍는 ootd, 토스트 일기 같은 걸 찍어 올리는 매일의 일상, 직업적인 통찰을 담은 짧은 글에서도 꾸준하게 자신의 스타일을 구축한 사람들이 멋져 보인다. 그러니 상대방도 그런 기대를 갖고 내 피드를 훑어볼 거라 짐작하는 일은 당연하다. 여전히 중구난방으로 일상을 담지만, 조금은 더 공적인 자아를 탑재하게 되었다고 할까. 일한 내용의 아카이브만으로 활용하지는 않지만 내 피드를 보는 누군가가, 잠재적으로 나와 일할 수 있다는 정도를 고려하고 메시지를 내보낸다.

회사를 다니건 다니지 않건 우리는 자신이라는 1인 기업을 운영한다. 기업에서 홍보 마케팅 부서가 중요하지 않다고 여길 사람은 없을 것이다. 게다가 개인 SNS는 예산이 따로 들지 않는, 효과적인 자기 홍보의 툴이다. 디지털 마케팅 분야에서는 브런치나 블로그, 유튜브 같은 미디어를 잘 활용해서 입사의 기회를 얻은 신입사원의 경우도 간혹 본다. 그 정도의 탁월함까지는 어려울지 모르지만, 스스로를 드러내고 보여주는 일에 너무 스트레스를 받지는 않으면 좋을 것이다. 관심사와 라이프 스타일, 일한 결과물들을 엮어 '직업인으로서' 매력을 드러내는 일이 내 업무를 도와줄 수 있다는 관점으로 접근한다면 충분하다.

누구에게 보여주기 위해 일상을 취사선택하고 편집한다는 데는 물론 피곤한 부분이 있다. 반듯한 사각 썸네일 속에서는 자신의 취향과 인맥을 한껏 부풀리지만 실제로는 그만큼 내실 있지 않은 사람들을 접할 때 매끈한 디지털 세계에 대한 환멸도 느낀다. 공과 사에 선을 딱 긋고 어떻게 평가받을지 타인의 시선을 신경 쓰지 않으며, 이미지 관리 같은 건 모른 채 진정한 나로만 살아도 되면 참 편하고 좋을 것 같다. 그런데 그런 세상이… SNS 시대 이전에는 있었던가?

인스타그램 자기 홍보가 영 민망하고 쑥스럽게 여겨질 때는 아티스트 데이비드 호크니를 떠올린다. 자신의 최근 작품 업데이트뿐 아니라 과거 육칠십 년대 대표작 이미지를 꾸준하게 업데이트한다. 검색이 쉽도록 자기 이름은 물론이고 브리티쉬아티스트, 팝아트, 컨템포러리아트 등등 해시태그를 꼼꼼하게 적어둔다. 호크니처럼 성공한 유명인도 저렇게 열심히 사는데, 난 아직 멀었다 싶어 숙연해진다.

재능이 아주 뛰어난 사람은 주머니 속의 송곳처럼 숨어 있어도 저절로 남의 눈에 드러난다는 '낭중지추'라는 말이 있다. 나를 포함해 대부분의 사람들은 도저히 숨길 수 없는 뾰족한 송곳이라기보다 쉽게 흩어지는 클립 정도일 확률이 높을 것 같다. 하지만 기억해보자, 클립이 필요할 때 딱 어디 있는지 못 찾아서 헤맨 적도 많을 것이다. 클립의 쓸모를 알리고 존재감을 쌓는 마음으로 오늘도 인스타그램 앱을 연다.

과정 속에서 덜 외롭도록

About 비비안 마이어 Vivian Maier

다큐멘터리 영화 〈비비안 마이어를 찾아서〉는 다수의 인터뷰이가 누군가에 대해 회상하며 내뱉는 낱말, 그리고 카메라 앞에서 짓는 미묘하게 불편한 표정들로 시작한다. 그 대상은 평생 엄청나게 많은 사진을 찍었지만 어디에도 공개하지 않았던, 심지어 현상이나 인화조차 하지 않고 필름 상태로 묵혀뒀던 사람. 바로 비비안 마이어다. 마이어를 세상에 알리는 역할을 한 건 이 다큐멘터리를 연출한 존 말루프다. 시카고 역사에 대한 사진 자료를 구하던 그는 창고 경매에서 구매한 커다란 상자에서 온갖 잡동사니와 함께 육칠십 년대의 비범한 필름들을 발견한다. 비비안 마이어라는 사람이 찍었다는 정보와 함께.

　의문의 인물 비비안 마이어의 실체를 추적하는 과정은, 디지털 세계에서 그의 정체성을 새로 구성해가는 작업이기도 하다. 구글 검색 결과조차 없던 마이어는 블로그와 플리커를 통해 유의미한 데이터들을 쌓아나가게 된다. 말루프라는 제3자의 손을 빌긴 하지만, 마침내 공개된 자신의 사진들을 통해 다시 아이덴티티를 갖게 되는 것이다. 다큐에서 공개하는 마이어의 사진들은 진실한 시각과 위트를 갖고 있으며 테크닉에 있어서도 대담하다(극중에서 언급하는 것처럼 로버트 프랭크나 다이앤 아버스 같은 흑백 시대 포토그래퍼들을 떠올리게 한다). 하지만 그에 대해 기억하고 증언하는 목소리에 의해 조금씩 드러나는 인간 마이어의 면모는, 어딘가 이상하고 괴팍한 보모다. 남의 집 아이 돌보는 일을 하며 몇 년에 한 번 거처를 옮기면서도 신문지부터 영수증까지 버리지 못하고 싸들고 다니는 호더이며, 자신의 시대보다 수십 년 전 복식들을 입고 다녔고, 가족이나 친구도 거의 없다시피 하지만 몇 년씩 세계여행을 다니기도 한다. 게다가 강박적으로 사진을 많이 찍는다(마이어가 남긴 사진은 15만 장 이상으로 언급된다. 디지털이 아닌 필름 시대에!). 〈비비안 마이어를 찾아서〉는 정리분류광이 발견해서 세상에 내보낸 수집광의 역사이며, 집요함이라는 두 사람의 교집합에서 성립할 수 있었던 기록이다.

영화 초반이 '비비안 마이어는 누구인가?' 하는 궁금증

을 좇아간다면 후반을 끌고 가는 질문은 이것이다. '마이어
는 과연 생전에 자신의 사진들을 세상에 알리고 싶어 했을
까?' 이 질문은 관객 이전에 우선 감독에게 무척 중요하다.
왜냐하면 이 비밀스런 작가를 세상에 공개해버린 자신의 행
위가 정당화될 수 있는 기반이기 때문이다. 마이어의 외가
쪽 친척들이 모여 사는 프랑스 북부 아주 작은 마을에서 그
단서가 발견된다. 자신의 사진을 프린트해서 같이 판매해보
지 않겠냐는 내용의 수십 년 전의 엽서가 그것이다. 그런데
왜 시카고나 뉴욕이 아니라 머나먼 프랑스 시골 현상소와
그런 일을 하려고 했을까? 아마 그런 비합리적인 면이 아니
었다면 마이어가 이렇게까지 묻혀진 인물이었을 리도 없을
것이다.

　〈비비안 마이어를 찾아서〉는 평생 세상 속에 머무르지
못하고 떠돌던 아티스트가 온라인 공간에서 비로소 자기 자
리를 찾게 되는 이야기다. 생전에 누리지 못한 명예와 금전
적 혜택은, 그 가상 공간의 아카이브를 만들어준 제3자의 몫
이 된다. 다행스럽지만 쓸쓸하고, 찬란하지만 쓸쓸하다.

　여러 영화제에서 상을 받고, 수많은 관객에게 호평받으
며 눈부신 성과를 거둔 독립영화 〈벌새〉의 GV를 진행했을
때 김보라 감독이 이런 말을 했다. "작업하는 동안 정말 힘들

어서 포기하고 싶은 순간이 많았어요. 그런데 영화가 완성되고 나서 이렇게 사랑받을 줄 미리 알았더라면, 그 시간이 조금 덜 외로웠을 것 같아요." 다행히 우리 시대에는 젊은 예술가들이 작업 도중의 분투를 드러낼 수 있는 채널들이 적지 않게 있다. 구독과 '좋아요' 혹은 텀블벅 펀딩, 팬클럽 활동이나 리뷰를 통해 더 많은 이슈를 일으키기, 작품을 구매하는 행위로 창작자들을 응원하는 일이 어렵지 않다.

이제 마이어는 서울을 포함한 세계 여러 도시에서 전시를 연 작가가 되었고, 그의 사진을 알아보고 아끼는 사람들은 적지 않다. 살아 있을 때, 자신의 작품이 언젠가 이렇게 많은 사람들에게 사랑받을 줄 알았더라면 비비안 마이어의 생은 조금 덜 외로웠을까? 답은 누구도 알 수 없다. 감상자로서 내가 할 수 있는 일은, 사진을 찍거나 음악을 만들거나 글을 쓰고 있는 동시대 마이어들에 대한 응원과 지지를 적극적으로 드러내는 것 뿐이다. 긍정적인 평이 귀에 들어갈 수 있도록 더 표현하고, 그들이 안정적으로 창작을 지속해 나갈 수 있도록 비용을 지불하면서.

3 _____ 여성으로 일하기

새로운 여자들은
새로운 장소를 필요로 한다

재작년 9월, 호주 퀸즐랜드 주 관광청 초청으로 골드코스트와 브리즈번 등의 도시를 둘러보는 여행을 하고 왔다. 김하나 작가와 같이 쓴 『여자 둘이 살고 있습니다』를 즐겁게 읽은 주최 측으로부터 우리 책의 주독자인 이삼십 대 여성들을 향하는 여행 콘텐츠를 만들어보자는 제안을 받고서였다. 퀸즐랜드 주는 북반구 미국으로 따지자면 캘리포니아 남부 정도의 기후를 가진 지역이다. '햇볕에 그을린 고장(sunburned country)'이라는 별명답게 힘찬 햇살 아래 건강한 자연이 도시 문화와 조화롭게 공존한다. 선진국들에서 그렇듯이 퀸즐랜드 거리 곳곳에서도 장애인들을 많이 만났다. 장애인의 비율이 유독 높아서가 아니라, 신체가 불편한 사람들도 자유롭게 외출할 수 있도록 시설과 복지가 갖춰진 덕분에 만나는 빈도가 잦았다는 뜻이다. 어딜 가나 여러 인

종과 연령대, 다양한 피부색과 옷차림을 한 사람들이 섞여 있어 시야가 넓어지고 숨통이 트이는 느낌이었다.

"큰 생각은 큰 광경을 요구하고, 새로운 생각은 새로운 장소를 요구한다." 알랭 드 보통의 『여행의 기술』(청미래, 2011)에서 이 구절을 좋아한다. 이런저런 경험을 쌓지만 제자리로 돌아와 또 잊어버리면서도 굳이 지구 반대편까지 고생스런 여행을 떠나려 할 때마다 나에게 용기를 주는 문장이다. 골드코스트의 바다는, 충분히 새로운 장소이고 큰 광경이었다. 해안선이 거의 60km나 직선으로 뻗어 있는 이곳 해변에 서 있으면 시야의 좌우 270도쯤은 바다로 가득 찬다. 지금 마주하는 상대는 일개 조무래기 해수욕장이 아니라 그야말로 '대양'인 것이다.

거기 머무르는 동안 유명한 서핑 스팟 중 하나인 '더 스핏'(The Spit)에서 수업을 받을 기회가 있었다. 보드 위에 균형을 잡고 일어서나 싶다가도 금세 잘못 뒤집힌 호박전처럼 고꾸라지는 내 실력은 양양이나 송정에서와 변함없었지만, 바다에서 나의 지분만은 달랐다. 목욕탕처럼 복작대는 서핑 구역, 동동 뜬 머리들 가운데 누군가와 부딪칠까봐 전전긍긍 몸을 사리는 대신 넓은 바다를 차지하고 파도를 타본 경험은 처음이었다. 이른 아침 시간이었는데 거침없이 바다로 들어가 수영을 하던 어떤 여성도 기억에 남는다. 누구의 시선도 신경 쓰지 않은 채 바다와 자신의 관계에 집중하고 있었다. 매일 일상의 조각 모음으로 삶이 된다면, 그런 매일로 이루어지는 삶은 아주 단단하고 멋질 것 같았다. 단독자로서 바다에 나서본 짜릿한 감각, 그리고 그때의 고요하고 평화로운 풍경을 떠올릴 때마다 어떤 힘이 생기는 것 같다.

겨우 열흘 남짓 떠나 있을 뿐인데도, 돌아온 서울에서는 많은 것들이 불편했다. 아주 다른 곳에 다녀왔다는 뜻일 거다. 공항 짐 찾는 곳에서부터 고국에 돌아왔다는 자각이 시작된다. 안전선 안쪽으로 불쑥 들어가 있는 발들과 트렁크가 나오는지 알 수도 없게 가리는 어깨들. 지하철에서 휴대폰 볼륨을 높여 영상을 보거나 우산을 가로로 들고서 팔을 휘젓는 사람들. 눈에다 고함을 질러대듯 난삽한 건물 간판. 많은 사람이 반드시 많은 무례함일 필요는 없을 텐데 현실은 타인들이 만들어내는 지옥이다. 아침에 집을 나설 때면 담배꽁초를 아무 데나 버리거나 소리내서 하품을 하고 가래침을 뱉는 사람들을 정말 많이 본다. 자신이 어떤 불편을 끼치고 있는지에 대한 아무런 의식 없이 상쾌한 출근길을 망가뜨리는 이들은 대개 나이든 남자들이다. 그런데 왜 택시를 타면 "첫 손님이라 재수 없다"는 소리를 여자들만 듣는 걸까? 목청이 높은 데다 욕설을 섞지 않고서는 문장을 완성할 줄 모르는 젊은 남자들 때문에 식당 옆자리에서 고통스러웠던 적도 많다. 그런데 왜 "여자 셋이 모이면 접시가 깨진다"는 얘기만 있을까? 중학교 때 선생님은 "말 만한 계집애들이 뛰어다닌다"며 여학생들을 혼냈다. 남자아이들을 야단칠 때 그런 비유는 하지 않는다. 여자들은 덩치가 크다고, 큰 덩치로 뛰어다닌다고, 말을 많이 한다고, 그냥 아침에 일찍 나다닌다고 욕을 먹는다. 이게 우리 사회가 여성들을 기죽이고 길들이는 방식이다.

"사회적으로 남자들의 성격이나 행동에 대해서는 허용되는 폭이 더 넓죠. 여자들에게 주어진 건 기울어진 운동장일 뿐 아니라, 작은 운동장이기도 해요. 능력만으로는 안 되고 외모나 말투, 행동까지 어떤 기준 안에 들어야 좋은 평가를 받으니까요. 아무리 일을 잘해도 다른 면으로 비호감이어선 안 된다는 식이에요. 저 멀리까지 달려 나가야 하는데, 여자들에게는 트랙 자체가 비좁게 설계되어 있어요." 얼마 전 한 신문사와 커리어 인터뷰를 하면서 이런 이야기를 했다. 이 도시에서 가장 공손하고 예의 바른 존재들일 젊은 여성들이 가장 많은 행동의 제약을 받으며 살고 있다는 게 참 아이러니하다.

　　더 넓은 세계로 나가 새로운 장소와 거대한 풍경 속에
자신을 놓아보기. 그곳에서 존재의 다양함을 발견하고 사회
에서 요구받아온 좁은 표준을 벗어나기. 너는 너무 크다, 뾰
족하다, 울퉁불퉁하다는 타박에 웅크리거나 위축되는 대신
자신을 있는 그대로 품지 못하는 이 나라가 너무 좁다는 것
을 느껴보기. 내 후배 세대의 여성들에게 여행이 이런 경험
이면 좋겠다. 마음에 품고 에너지를 얻을 자신만의 바다, 자
기만의 대륙을 수집하길 바란다. 성형외과 광고가 잔뜩 지
하철역에 붙어 있는 풍경이, 어떤 외모를 가져야 한다고 압
박하는 것이 세상의 당연한 전부가 아니니까 말이다.『여행
의 기술』에서의 그 구절을 이렇게 바꿔봐도 좋을 것 같다.
"큰 여자들은 큰 환경을 요구하고, 새로운 여성들은 새로운
사회를 요구한다."

여초 회사에서 일할 때는 안 보이던 진실

"김 과장은 왜 아직도 결혼을 안 했어? 할 때가 한참 지난 거 같은데." 에디터 생활을 하다 광고회사 AE로 이직한 후배 A 가 새 회사 남자 상사에게 들은 이야기를 전했다. 잡지사 동료였던 40대 싱글 여자들 몇이 모인 자리였다. 그 무례한 질문에 대해 같이 분개하며 새삼 우리가 몸담아온 잡지사의 조직 문화가 퍽 달랐음을 깨달았다. 결혼 안 한 여자들이 다수이며, 50대 여성 편집장이 싱글이기도 한 곳이니 딱히 누구도 그런 질문을 던지지 않는다. 성비가 비슷하거나 남성 비율이 더 높은 회사에 다니는 친구들에게서 전해 듣는 스트레스는 다채로웠다. 회식 때 젊은 여자 직원만 골라 옆자리에 앉히는 사람, 여성 직원들에게 한여름에도 스타킹을 신으라는 사람, 집에 가면 애 봐야 한다며 사무실에 늦게까지 남아 게임하는 사람…. 나이 든 남자들이 상사라는 권력까지 쥐게 되었을 때의 사례다.

20년의 직장생활 동안 대부분을 패션 매거진 편집부에서 일한 나는 남성 상사 대신 여성 리더들과 일하는 경험이 많았다. 자기 분야에 욕심과 열정을 가지고 일을 추진하며, 세계를 누비면서 매달 결과물을 만들어내는 사람들이었다. 에디터 업무의 특성은 낮은 연차 때부터 주도권을 가지고 일한다는 점이다. 스스로 아이디어를 내서 기사를 기획하고 촬영 스태프들을 꾸리며, 비주얼과 글을 완성해 자기 이름이 적힌 콘텐츠를 세상에 내보낸다. 강도 높은 마감의 사이클 속에서 여자라는 점은 특별히 유리할 것도 불리할 일도 없는 조건이었다. 젊은 여성이 주체적으로 일할 수 있는 드문 환경 속에, 자기 일만 독립적으로 열심히 하는 여자들 틈에서 일해온 세월은 나를 단단하게 성장시켰다. 동시에 둔감하거나 무지하게 만들기도 했다. 내가 속한 회사에서는 여성들이 중심에 있지만 한 발 밖으로 나가면 대부분의 조직에서는 끊임없이 가장자리로 밀려난다는 사실에 대해서 말이다.

이직을 준비하던 친구 B는 헤드헌터에게 불쾌한 소리를 들었다고 한다. "왜 이렇게 연봉이 높으세요? 이러면 이직하기 힘들어요. 눈을 낮추세요." 똑같이 부장급인 40대 남

자 직장인에게라면 그 남성 헤드헌터가 그렇게 말하지는 못
할 것이다. 대기업에서 일하는 친구 C는 팀의 누구나 인정
할 성과를 냈지만 인사고과에서 남성 동료보다 낮은 점수를
받았다. 그 동료의 퍼포먼스가 더 나빴다는 걸 팀장 또한 인
정하면서도, 도와주자는 논리였다. 아이와 아내가 있는 가
정의 가장이라는 이유로 말이다. 결혼하지 않은 여성은 바
로 자신이 1인 가구의 가장이라는 점은 아무도 알아주지 않
는다.

『여자 둘이 살고 있습니다』를 쓴 후 이삼십 대 독자들
과 직접 만날 기회가 자주 생긴다. 결혼하지 않은 40대 여성
도 고립되지 않고 잘 살 수 있다는 책의 메시지와 더불어 이
런 이야기들을 강조한다. "겸손하지 마세요." "눈 낮추지 마
세요." 누구든 평화로운 여초 직장에만 머무를 수 없으며, 밖
으로 나오면 남성 중심의 조직에서 평가절하되고 배제당한
다는 걸 이제는 안다. 가능하면 남자들 사이에 고전적으로
통용되어온 방식을 관찰하고 시도해보라는 이야기도 하고
싶다. 성실만 할 것이 아니라 자신의 성취와 존재감을 적극
적으로 드러내고, 여자들끼리도 서로 밀어주고 끌어주는 네
트워크를 만들라고. 상냥해서 좋은 평판을 받기보다는 함부
로 대하지 못할 캐릭터를 구축하라고. 세다, 독하다는 평판

이 부당하게 따라붙기도 하겠지만 그러거나 말거나 흔들리지 말라고. 더 멀리까지 내다보며 더 많이 쟁취하라고. 여전히 여초 직장에서 묵묵히 일만 하고 있을 내 후배들에게 하고 싶은 이야기다.

우리가 진짜 싫어한 게
회식이었을까?

"술은 안 마시지만 술자리는 좋아해요." 이렇게 말하는 사람들이 있는데 나는 그 반대다. 술자리보다 술 자체를 좋아해서, 술이 마시고 싶어 같이 마실 사람을 찾는 순서일 때가 많다. 말 안 통하고 어딘가 신경을 긁는 상대로 인해 소중한 술맛을 망치느니 혼술이 백배 즐겁다. "회식 예산을 1/n로 나눠주고 다들 집에 일찍 보내면 회식의 목적을 가장 효율적으로 달성할 수 있을걸? 구성원의 사기와 조직에 대한 충성심이 올라갈 테니까 말이야." 삐딱하게 말하는 사람이 바로 나였다. 회식 자리란, 술맛을 망치는 사람들이 10%는 섞여 있게 마련이니까. 회사 바깥에서 무슨 거창한 이름을 단 행사들도 지루하기는 마찬가지다. 그런데 여초 회사의 여성 비율이 높은 부서에서 일하면서, 나이를 먹으며 직급이 높아질수록 회식이 점점 덜 불편하다는 걸 발견했다. 나한테 함부로 구는 사람이 적어지기 때문이다. 회식이 괴롭지 않다면, 권력을 가진 쪽이어서일 확률이 높다.

무엇이 우리를 회식을 기피하게 만들었나? 재미없는 농담, 원하지 않는데 억지로 권하는 잔, 취해서 오가는 자기자랑이나 막말…. 어이없는 축약어로 된 건배사도 빠질 수 없겠다. 얼마 전 무슨 행사에서는 '아우성'이라는 건배 제의를 들었다. '아름다운 우리의 성공을 위하여'라니 그나마 이런 유 가운데서는 나쁘지 않은 축이다. 재미없기만 하면 다행인데 사생활에 대한 무례한 질문을 받기도 하고, 불쾌한 신체 접촉을 당하기도 한다. 그럼에도 분위기를 깨지 않기 위해 견디고 억지로 호응하며 자리를 지킨다. 여성들끼리 얘기를 나눠보면 회식 자리에서 겪은 이런 부정적인 경험이 끝없이 나온다. 빅데이터가 쌓이니 단체 술자리 자체를 기피하게 될 수밖에 없다.

어디서도 경험하지 못한 송년회 경험이 한 번 있다. 김하나 작가 주최로 그가 진행자인 팟캐스트 '책읽아웃-김하나의 측면돌파' 인터뷰에 출연한 여성 작가들이 다 같이 모인 자리였다. 공식적인 조직과 상관없고, 누구도 억지로 참석을 종용하지 않는 자유로운 자리였지만 초대받은 거의 모든 사람들이 모여 30명을 넘겼다. "이쯤 되면 단군 이래 가장 큰 여성 작가 모임이 아닐까요?" 김하나의 말이 굳어져 이 모임의 비공식 명칭은 '단군큰모임'이 되었다가 '큰모임' 으로 정착했다.

신기한 일이었다. 대학 교수라든가 변호사, 회사원같 이 다른 직업을 가진 사람도 있었지만 대부분은 소설가, 시 인, 번역 또는 편집을 하거나 그림을 그리며 글을 쓰는 사람 들이었다. 긴 시간 혼자 일하고, 누구보다 낯가림이 심한 사 람들. 1층까지 왔다가 다시 돌아가려 했다, 며칠 전부터 떨려 서 위염이 도졌다고 말하는 내향인들이 2차, 3차로 이어진 그날 술자리에 새벽까지 남아 있다가 아쉬워하며 헤어졌다. 모임 이후 각자의 SNS나 단체 메일로 공개된 후기들은 따뜻 하고 벅찼다. 일하며 느껴온 고민과 고독을 털어놓고 나눌 수 있어서, 작업을 좋아해온 사람들에게 호감을 표할 수 있 어서, 혼자가 아니라는 든든함과 연대감을 느낄 수 있어서 기뻤다는 이야기들이었다.

여자들이 싫어한 건 회식이 아니다. 나이 혹은 직위의 권력을 가진 남성들이 혼탁한 분위기를 만드는 술자리일 뿐 이다. 소속감을 원하지 않는 게 아니라, 그 집단의 약자를 희 생시키며 꾸며내는 가짜 친근함이 싫은 거다. 처음이자 마 지막의 거대한 송년회 직후 감염병 시대가 닥쳤고, 큰모임은 다시 모이지 못하고 있다. 대신 이메일로 띄엄띄엄 느슨하게 서로의 안부를 묻고 각자의 소식을 전한다. 팟캐스트 회차를 더하면서 출연자의 리스트도 업데이트되어, 새로운 멤버들도 늘어났다. 다방면에서 활발하게 일하는 그들의 이름을 보고 있으면 괜히 든든하고 어깨가 펴진다. 이메일의 문장들을 반복해서 읽으며 맑고 좋은 기운을 받는다.

상황이 다시 허락한다면 여성들이 청정하게 교류할 수 있는 자리를 더 적극적으로 기획하고 참석해야겠다는 생각을 한다. 어떤 술자리에 갈 일이 생기면 거기에서 울상을 한 채 억지로 웃음 짓고 있는 어린 여성이 있지 않은지 매의 눈으로 지켜보고 돕는 일도 거르지 않을 것이다. 불쾌함을 피하려고 소중한 연결까지도 놓치기에는 우리가 서로에게 줄 수 있는 에너지가 아주 크다.

서로의 연결 고리

"공부하러 다니니, 네트워킹하러 가는 거지." 잡지사 막내 에디터 시절 팀장이던 선배 A와 둘이 남아 야근을 한 기억이 난다. 당시 언론홍보대학원에 다니던 선배는 학교 과제 때문에 사무실에 남아 있었는데, 일하면서 공부도 하기 힘들지 않냐는 나의 질문에 이렇게 답을 했었다. 일은 일이고 사람은 사람이며 공부는 공부로 받아들이던 고지식한 꼬꼬마 신입에게는 이게 무슨 소리인지 잘 와닿지 않았다. 네트워킹이란 무엇인가. 실력만 있으면 되지 왜 이런저런 사람들과의 관계까지 잘 맺어둬야 하는지 그것이 무슨 치트키처럼 여겨지기도 했다. 야근이 많아서 있던 친구도 다 떨어져나가는 판인데 새로 사람을 사귀려고 1주일에 2~3일씩 따로 시간을 낸다니 이건 또 무슨 소리람.

연차가 쌓이면서, 네트워킹이든 인맥이든 어떤 식으로

힘이 되는지 조금씩 이해하게 되었다. 나만 해도 경력 공채 시험을 봤던 첫 번째 이직 이후로는 직장을 옮길 때마다 매번 알음알음 업계 안팎의 추천을 받아 움직였다. 내가 함께 일할 팀원을 뽑을 때 역시 좋은 사람 좀 추천해달라고 주변의 도움을 구했다. 조직 안팎에서 다양한 선배, 동료들과 교류하며 접점을 만들어두는 것은 리크루팅할 때뿐 아니라 여러모로 도움이 되는 일이다. 하지만 필요하다고 머리로 아는 것과 몸으로 잘하는 것은 전혀 다른 문제다. 나는 언제나 일을 잘하고 싶었지만, 네트워킹까지 잘하기는 무리라고 생각했다. 일만 잘하려는 데도 너무 바쁘고 피곤하니까. 회사의 부장이자 패션 매거진 에디터로 산다는 건 반드시 필요한 취재와 인터뷰, 촬영과 회의, 면담과 교육만으로도 이미 너무 많은 사람들을 만나고 끝없이 말을 해야 한다는 걸 의미했다. 제정신으로 살기 위해서는 입을 닫고 혼자 생각하는 시간이 더 필요했다. 밥을 혼자 먹어도 되는 결정권이 충분해진 15년차 이후에 나는 미팅이 없는 점심시간이면 대개 운동하고 간단한 포장음식을 사먹는 식으로 혼자의 시간을 확보했다. '점심식사 절대로 혼자 하지 마라'라는 식의 다양한 자기계발서들이 떠오르지만…. 혼밥은 당시의 내가 숨을 고르기 위해 추구한 최선이었다.

점심을 같이 먹으면서 쌓을 수 있었을 더 넓은 인맥 대신 선택한 체력도 다른 방식의 경쟁력이 되어주긴 했지만, 역시 사람을 만나는 데 더 적극적이었다면 좋았을 거라는 아쉬움이 남는다. 부서나 회사, 업계의 동향에 대해 다른 사람들로부터 얻게 되는 넓은 시각과 빠른 정보는 일할 때 확실히 큰 힘이 된다. 서로 해온 업무에 대해 호감을 표현하고 아이디어를 교환하다가 협업을 도모하는 일도 생긴다. 무엇보다, 일하면서 부딪치는 다양한 문제에 대해 물어볼 사람이 있다는 것은 든든한 뒷배다. 쪼르르 달려가 질문할 선배가 언제까지 곁에 있어준다면 다행이지만, 대부분은 연차가 높아질수록 스스로 알아서 해나가야 하는 경우가 많다. 네트워킹 같은 거 피곤하다고 외치면서도 나 역시 그렇게 많은 사람들에게 물어보고 도움을 얻으면서 일해왔고, 살아왔다. 사람은 혼자서만 뛰어나기 어려운 존재다.

A선배가 사업을 시작할 때 그 론칭 행사에 다녀왔다. 일관성 있게 업계 안팎의 네트워킹을 놓치지 않아온 선배는 에디터 출신으로 흔치 않게 잡지사 대표에까지 올랐고, 다음 스텝을 준비했다. 학교 동기인 갤러리 대표가 내어준 장소에서 후배인 아나운서가 식을 진행했다. 다양한 접점을 가진 많은 사람들이 나서서 돕고, 특히나 선배 또래인 50대,

60대 여성 CEO들이 출발을 축하하는 (그리고 선물도 협찬하는) 광경이 멋져 보였다. 일은 일, 사람은 사람, 공부는 공부인 줄 알던 꼬꼬마로부터 20년이 흐른 지금은 조금 알겠다. 세상의 모든 일은 사람과 사람이 만나서 이루어진다. 우리는 일하면서 배우고, 사람으로부터 배우고, 공부하면서도 사람을 사귀고, 함께 일하다가 또 친구가 되어 관계도 숙성해간다.

　　학연, 지연, 나이, 연차, 공통의 취미, 덕질의 대상, 일 그 자체…. 무엇이든 사람과 사람 사이를 이어줄 수 있다. 인맥은 비싼 한정식집이나 일식집 룸 안에 앉아서 쌓을 것 같고 네트워킹은 파티장에서 술잔을 들고 서서 해야 할 것 같지만 사실 오가다 탕비실 커피 한 잔만으로도 시작할 수 있다. 강해지기 위해 혼자 두터운 갑옷을 걸칠 수도 있지만, 세상과의 작은 연결 고리를 늘려서 단단해지는 방식도 있다.

1인분의 노동 뒤에는
1인분의 가사노동이

눈에 보이는 성과가 더해지지 않는다. 매일 같은 과정이 반복된다. 기껏 잘해봐야 현 상태를 유지하는 일이지만, 잠깐 손을 놓으면 급속도로 나빠진다. 육체노동이지만 그거로만 충분하지는 않아서, 기획하고 집행하는 정신노동이 함께 간다. 팀워크의 재미가 있기보다 고독하게 혼자 해야 하는 경우가 많다. 잘해도 알아봐주고 칭찬해주는 사람이 없다. 심지어 일을 해도 보수를 받지 못하는 무급노동이자 재능 기부다. 이런 업무가 있다면 과연 우리는 기꺼이 맡으려고 들까? 그런 밑 빠진 독에 물 붓기 같은 일이 있다. 바로 가사노동이다.

단행본 마감을 앞두고 있는 요즘 나는 3주째 크런치 모드로 일하고 있다. 크런치 모드란 업무 마감 시한을 앞두고 수면, 위생, 기타 개인생활을 희생하면서까지 연장 근무하는 행태를 뜻하는 말로, 주로 게임 등 소프트웨어 개발 업계에서 관행적으로 이루어져왔다고 한다. 이럴 때 나는 되도록 밖으로 나가서 일하려고 노력한다. 집에 있으면 쌓여 있는 옷더미나 굴러다니는 먼지가 눈에 들어오기 때문에, 글 쓰는 일을 미룬 채 청소며 빨래에 정신을 쏟게 되기가 쉬워서다. 게다가 나는 요리가 취미인 사람이라, 냉장고를 털어 무슨 음식을 만드는 데 정신이 팔릴지 모른다. 크런치 모드일 때는 간단히 노트북을 챙겨 집 밖으로 나오고 집에 들어가면 꼭 필요한 휴식만 취하는 식으로 집에 머무르는 시간을 최소화한다. 집안일을 덜 만들기 위함이기도 하고, 스스로를 집안일과 차단하기 위해서이기도 하다.

신기한 점은 집에서 보내는 시간을 아무리 줄인다 해도 집이 깨끗한 상태로 유지되지는 않는다는 것이다. 입은 옷이며 사용한 수건이 빨래통에, 마신 잔들이 설거지통에 착착 쌓이며, 욕조와 변기에는 얼룩과 때가 붙고, 몸에서 떨어져나온 머리카락이며 각질이 집 안을 더럽힌다. 정기적으로 침구를 바꾸고 세탁해서 교체해야 한다. 고양이 여러 마리와 사는 우리집은 화장실을 매일 치워줘야 하고, 베란다며 거실에 흩뿌려지는 화장실용 모래 조각 역시 청소해야 한다. 고양이 모래 얘기가 나왔으니 말인데 이 모래며 사료, 인간용 두루마리 휴지나 생리대 같은 생필품은 또 얼마나 혹 혹 줄어드는지, 긴 연휴라도 껴 있을 때면 떨어지기 전에 체크하고 미리 주문해두지 않으면 낭패를 겪는다. 물도 마찬가지다. 생수도 구입해두거나 정수기 필터를 제때 갈아야 집에서 컵라면이라도 먹을 수 있다. 뭔가 먹기라도 하면 또 얼마나 많은 재활용 쓰레기가 나오는지, 그걸 적절히 분류했다가 요일별로 챙겨서 내놓는 것도 일이다. 건조한 겨울에는 가습기에 하루 두 번은 물을 채워줘야 하며 물때도 닦아낸다. 화분들의 상태가 괜찮은지도 지속적으로 살펴야 한다. 물은 1~2주에 한 번 주면 되지만 스프레이하고 분무기를 채우는 건 매일이다. 도시가스 자가 검침이나 공과금이나 세금 고지서를 챙겨 납부하는 일도 꼬박꼬박 돌아온다. 여기에 고장나는 가전제품이나 시설이라도 생기면…. 의식의 흐름처럼 떠오르는 일만 단숨에 적었는데도 이렇게 길어졌다. 집에서 숨만 쉬는 수준으로 기본생활만을 유지하기에도 이 모든 활동이 필요하다.

일찍 집을 나와 카페 두 군데를 옮겨 다녔지만 글 한 쪽지도 완성하지 못하는 비생산적인 일과를 보낸 다음 날, 나는 집을 나서는 대신 몸을 움직이기 시작했다. 소중한 하루를 날려버렸다는 자괴감도 컸지만 오늘 하루도 똑같이 낮은 효율로 보낼까 두려웠다. 나쁜 흐름을 끊어내기 위해 다른 방식으로 나에게 꼭 필요한 일들부터 하나씩 해나가기로 했다. 과탄산소다를 넣어 세탁기를 돌리고, 창문과 베란다를 열어 환기를 시킨 다음 청소기를 구석구석 밀었다. 된장국에 달걀 같은 간단한 재료를 챙겨 밥을 차려 먹고 설거지를 했다. 잘 챙겨 먹고 집 안을 깨끗하게 정돈한 뒤에 집을 나서자 일할 수 있는 절대 시간은 짧아졌지만 대신 효율이 높았다. 깔끔한 집에서 더 쉬는 것답게 쉴 수 있었다. 왜 진작에 가사도우미 앱이라도 활용하지 않았을까? 시간을 정해 약속을 잡고 사람을 불러 일을 시키는 것 역시 일이니까. 머릿속이 업무에 대한 생각으로 너무 꽉 차 있을 때는 그런 용역조차 부리기가 어려운 것이다.

일과 생활의 균형을 유지한다는 건 언제나 쉬운 일이 아니다. 프리랜서가 된 요즘은 그나마 작정하고 시간을 내서 집을 재정비하는 일이 가능하지만, 회사를 다니면서 바쁜 마감 기간에는 정말 말 그대로 집 안이 초토화된 채로 살았다. 데드라인이라는 우선순위에 몸과 마음이 쫓길 때 우리는 종종 잊어버린다. 그렇게 비상 모드를 켜둔 채로는 삶도 일도 건강도 오래 지속되지 못한다는 사실을. 크런치 모드를 접고 다시 적당히 가사노동과 업무에 시간을 배분하면서 나는 확인했다. 전력으로 일에 매달려 있는 것만큼이나 집중해서 잘 일할 수 있도록 나와 내 주변을 잘 돌보는 일이 중요하다는걸. 일상을 정성스럽게 영위하는 데서 많은 위대함이 출발한다. 한 걸음 떨어져서 바라보면 그제야 질문할 여유도 생긴다. 수면, 위생, 기타 개인생활을 희생하면서까지 업무를 해야 하는 상황이 과연 정당한 걸까?

가사노동은 일을 할 수 있게 만드는 일이며, 생산성을 높이는 재생산이다. 사소하거나 하찮게 취급되지만 그 사소함이야말로 우리를 살게 한다. 그리고 기억해야 한다. 나 자신을 위해 집안일을 수행할 때는 노동 소외가 벌어지지 않지만, 다른 사람을 위해 이걸 하고 있다면 명백히 큰 희생이다. 당신이 지금 일에만 집중할 수 있다면, 크런치 모드를 오래 가동할 수 있다면, 그래서 회사에서 눈에 보이는 성과를 거두고 있다면 당신 스스로의 노력과 더불어 눈에 보이지 않는 누군가의 돌봄이 협력하고 있다는 뜻이다. 집에서 잠만 자도 깨끗한 옷이며 쾌적한 잠자리가 준비되어 있고 집안이 제대로 돌아간다면 그건 아내건 어머니건 동거인이건 다른 가족구성원 누군가가—많은 경우 다른 여성이— 그 일을 해주고 있다는 의미다.

내 노동은 누군가의 가사노동을 바탕으로 성립한다. 항

상 기억하고 감사하고 그 고마움을 표현할 일이다. 한발 나아가 노동에 대한 대가를 금전으로도 지불할 수 있다면 더 좋겠다. 1인분의 노동을 가능하게 하는 건 1인분의 가사노동이다.

눈에 많이 보인다는 것

김혼비 작가가 이런 말을 했다. "이제 더는 『우아하고 호쾌한 여자 축구』(민음사, 2018, 이하 우호여축) 책으로 강연할 필요가 없어졌다. 여러분, 그냥 〈골 때리는 그녀들〉을 보세요! 끝!" 언급된 책을 너무나 사랑해온 독자로서, 이 예능 프로그램이 '우호여축'의 세계관과 이상을 그야말로 현실 속에 구현하는 과정에 빠져들 수밖에 없었다. 여자들이 함께 뛰고 넘어지고 소리 지르고 욕하고 땀에 젖어 울고 웃는 모습을 보며 내가 같이 달리는 것처럼 짜릿했다. 최선을 다해 이기고 기뻐하는 장면 못지않게 최선을 다했지만 패배한 뒤에 서로를 다독이는 모습이 감동을 줬다. 커다란 체육공원 옆에 살고 있는 나는 남자들이 늘 운동장 한가운데를 넓게 차지한 채로 온갖 단체 구기 종목을 하는 동안에 여자들은 주변의 트랙 바깥에서 뿔뿔이 개인 운동 하는 걸 보며 종종 아쉽기도 속상하기도 했다. 그런데 그라운드를 (그리고 공간뿐 아니라 시간 면에서도 예능 중심 시간대를) 점유한 수십 명의 여자들을 공중파 방송에서 볼 수 있다니, 게다가 그 수십 명의 나이대와 직업과 체형이 이렇게나 다양하다니! 서로 패스하며 외치는 '언니!' 호칭이 다정하고 자랑스러웠다.

땀 흘리고 서로 도우며 승리를 쟁취하는 여자들의 모습, 날카롭게 외치는 '언니!' 소리는 여름의 배구 코트로 이어졌다. 서로를 믿고 각자의 포지션에서 집중하는 선수들의 역량도 굉장했지만, 그것을 하나로 묶어내는 주장 김연경의 존재감이 놀라웠다. 자신의 뛰어난 실력으로 팀 안에서 몫을 다할 뿐만 아니라 다급하고 절실한 순간에 목소리를 내주는 사람이었다. 도쿄 올림픽 직후 김연경 선수를 인터뷰하는 기회가 있었는데, 막상 그는 "해보자 해보자 후회하지 말고!"가 누구나 그 상황에서라면 할 수 있는 평범한 말이라고 겸손하게 말했다. 하지만 그 평범하고도 정확하게 필요했던 말이 에너지를 끌어올리고 경기의 흐름을 바꿔놓은 걸 우리 모두가 봤다. 리더가 빛나는 때는 바로 그런 위기의 순간일 것이다.

"사실 팀이 작거나 크거나 리더 자리는 항상 쉽지 않을 거예요. 스스로 먼저 움직여야 팀원들이 따라오게도 만들

수 있는 게 리더 자리인 것 같아요. 그래서 더 어려운 것 같고요. 힘들 때는 운동도 좀 쉬어가고, 오늘은 좀 편하게 가볼까 이런 생각도 슬며시 들지만 결국 저는 열심히 할 수밖에 없어요. 나를 보는 선수들, 스태프들이 있으니까요. 솔선수범이라는 게 무슨 거창한 얘기가 아니라, 제가 노력해야 또 열심히 안 하는 선수들한테 뭐라고 한마디라도 할 수 있기 때문에 더 열심히 하게 되는 것 같아요." 그가 노력하는 모습도, "뭐라고 따끔하게 한마디 하는" 모습도 여러 차례 봐왔기 때문에 인터뷰에서의 이 말이 오래 기억에 남았다.

멋진 여성들의 다채로운 리더십을 목격하는 또 한 번의 경험은 하반기에 방영된 엠넷 댄스 서바이벌 프로그램 〈스트릿 우먼 파이터〉(이하 스우파)였다. 김하나 작가는 8팀의 댄스 크루가 미션을 수행하거나 배틀을 치르는 과정과 이 대결을 이끄는 8명의 수장들을 지켜보며 '2021년의 삼국지'라고 표현했다. 우승을 차지한 홀리뱅의 허니제이가 구성과 퍼포먼스의 주도권을 놓지 않는 실무 비중이 큰 리더라면, 팀원들의 뛰어난 안무 역량을 포용하는 라치카의 가비는 리더로서 자신의 롤을 의견 조율과 사기 진작에 더 크게 둔다. 그리고 가장 극과 극의 스타일을 가진 수장 두 사람이 있다. 프라우드먼의 모니카는 팀원들을 긴장시키는 리더다. 준비가 부족한 모습이 드러나면 화를 내고, 차가운 질책의 말을 꽂는다. 특히 평소 자신과 가까운 팀원일수록 정확히 지목해서 실망스럽다는 표현을 하기에 모두가 정신을 바짝 차릴 수밖에 없다. 반면 훅의 아이키는 팀원들의 긴장을 풀어주는 리더다. 큰 실수를 한 멤버에게 농담을 던져 잊어버리게 해주고 스스로를 비난하지 않도록 따뜻하게 감싸준다. 대체로 어리고 경험이 적은 팀원들이 뭔가 배울 수 있도록 가르쳐주며 기운을 북돋운다. 어느 쪽의 리더십이 정답이라고 할 수는 없다. 다만 경쟁 상황 속에서 저마다 팀원들의 특성이나 문화에 맞게 독려하고 이끌어 성과를 발휘하는 지도자의 스타일이 다른 것이다.

8개의 팀 리더 8명이 모두 여성인 상황, 심지어 적으면 4명에서 많게는 7명인 팀원 전체가 여성인 경우는 일반적인 조직에서는 자주 목격할 수 없는 광경이기도 하다. 신입사원 가운데는 높던 여성의 비율이 팀장과 임원 직급으로 올라갈수록 줄어드는 경우가 흔하기 때문이다. 그리고 8개의 팀 중 한두 명의 리더만이 여성일 때는 그들 각자가 어떤 가치관과 성격으로 결정을 내리고 팀원들을 이끄는지 제대로 평가받지 못한다. 각 정당 경선 과정에서의 여성 대선 후보들을 떠올려보자. 교육 배경이나 정치적 성향, 커리어의 궤적과 전문 분야가 각기 다름에도 '여성적 리더십'이라고 납작하게 싸잡아지는 경우가 많다. 이럴 때 여성적이라는 건 대체 무엇을 설명해주나, 이 사람이 남자가 아니라는 뜻 외에 무슨 의미가 있나 싶다. '여성적 리더십'보다 최악인 표현은 어머니나 맏며느리라는 가족 내 여성의 역할에 가두는 비유다. 언젠가 코로나19 방역 현장에서 구심점의 역할을 하고 있는 정은경 질병관리청장을 '국민 맏며느리'로 언급한 표현을 보고 그 후진성에 놀랐다. 카리스마가 넘치며 냉정한 리더도, 소통에 뛰어난 리더도, 실무를 잘하는 리더도 다 여성일 수 있다. 8명 중 8명이 다 여성일 때는 여자라는 점 말고 각자의 개성이 주목받는 일이 당연해진다.

눈에 보인다는 것은 중요하다. 많이 보인다는 것은 더욱 의미 있다. 2021년을 목격하고 경험한 이후의 여성들은 다를 것이며 점점 더 많이 서로의 눈에 보일 것이다.

어두운 시절을 통과하는 우리들에게

많은 프리랜서들이 그렇겠지만, 나 역시 코로나19의 영향에서 자유롭지 않다. 편집을 마친 여행 단행본은 상황이 나아질 때까지 출간이 미뤄졌으며 카피라이팅 작업을 해서 넘긴 화장품 광고는 집행이 취소되었다. 비용은 지급받지 못했다. 대면으로 기획된 여러 행사들이 취소되거나 기약 없이 연기되기도 했다. 그런 가운데 한 가지 일정은 예정대로 진행된다는 연락을 받았다. 영화 〈찬실이는 복도 많지〉의 GV 진행 건이다. 영화를 보고 나니 요즘 같은 때 꼭 필요한 이야기라는 생각이 들었다. 영화밖에 모르고 살아온 마흔 살의 프로듀서 찬실은 갑작스런 사고로 일이 없어지고 생계도 거처도 막막해진다. 출구 전략을 세울 여유도 없이 일에 자신을 다 바쳤다가 예상하지 못한 벽에 부딪쳤을 때 어떻게 스스로를 다독이고 추슬러 새로운 문을 열 수 있을까 질문을 던져보게 하는 이야기다.

　찬실이처럼, 자기 삶을 열심히 살고 있었을 뿐인데 갑자기 길이 끊어진 것처럼 느끼는 사람들이 많은 시절이다. 나같이 일의 양도 수입도 일정하지 않은 프리랜서가 아니라 정해진 월급을 받는 직장인들 가운데는 영향이 덜한 경우도 있을 것이다. 하지만 회사원이라 해도 팬데믹으로 인한 직접적인 타격이 가장 큰 여행이나 공연 등의 산업군에 종사하는 사람들은 자신의 능력이나 노력과 별개로 좌절을 경험할 수밖에 없다. 관련 업종에서는 무급휴가 사용을 권고 중인 기업이 많다고 하고, 고용노동부에서 휴직 수당을 지원한다는 발표도 나왔다. 그나마 이런 보호망 바깥에 있는 자영업자들은 줄어든 매출 속에 힘들게 버티거나 휴업, 폐업을 선택하기도 한다. 백신 접종 이후에도 경기 침체가 언제까지 지속될지 알 수 없다. 우리는 어쩌면 지금, 길고 혹독한 겨울의 초입에 있는지도 모른다.

　미래가 불투명하고 먼 목적지가 보이지 않을 때는 지금 발밑의 계단부터 한 칸씩 밟아 나갈 수밖에 없다. 나 역시 취소된 프로젝트가 언제 재개될지, 비용 입금은 언제 될지 생각하는 일은 멈추고 당장 써야 할 글, 해야 할 일에 집중하려고 한다. 쉽지는 않다. 세상을 둘러보면 우울해 하고 절망에 빠질 이유는 널려 있지만 희망과 낙관은 적극적으로 찾아야 간신히 발견할 수 있기 때문이다. 이럴 때는 예전에도 힘들어본 적이 있다는 사실이 좀 도움이 된다. 내 커리어 그래프에서 바닥을 찍은 시점을 떠올려보면, 세 번째 직장을 다니던 시기일 것이다. 소속되어 일하던 잡지의 폐간을 처음 경험했다. 딱히 큰 실패를 경험해본 일 없던 20대 후반의 나에게는 막막한 사건이었다. 앞으로 어떻게 해야 할지 혼란스러웠으며, 갑자기 내가 쓸모없는 사람이 된 것 같아 공허했다. 가장 먼저, 가장 확실한 자리 보전이 정해진 건 당시의 편집장이었다. 그 회사를 가장 오래 다닌 인물이었기 때문이다. 나를 비롯한 팀원들에게는 두 가지 선택지가 주어졌다. 희망이나 적성과는 상관없이 계열사 안에서 다른 부서로 흩어지거나, 3개월치 월급을 실직 위로금으로 받고 퇴사하거나. 둘 다 내가 원하는 길이 아니었다. 회사 화장실에서, 복도에서 가장 자주 울었던 시기다.

〈찬실이는 복도 많지〉에서 주인공의 멋진 점은 불운을 겪지만 스스로를 내팽개치지도, 다른 이를 괴롭히지도 않는다는 것이다. 상황이 좋지 않고 마음이 어지러울 때 찬실이 하는 행동은 이런 것들이다. 음식을 만들고 청소를 하면서 주변을 돌보기, 자신의 도움을 필요로 하는 사람들 챙기기, 공원을 걷고 산길을 올라 산책하기, 정말 원하는 게 뭔가 스스로에게 질문을 던지며 골똘히 들여다보기. 찬실은 이룬 것 없이 가난한 인물이지만, 자신이 하는 일상의 행위들 속에 품위를 잃지 않는다. 몸에 밴 어떤 우아함이 조력자들을 끌어당긴다. 그런 사람이 잠시 움츠린 뒤에 뭔가를 도모할 때, 틀림없이 잘될 거라 믿게 된다.

폐간을 같이 경험했던 그때의 동료들을 지금 만나면 함께 웃으며 회고할 수 있다. 잠시 겹쳤던 우리의 커리어는 그 이후 각기 다른 방향을 향해 뻗어갔으나 누구도 그 지점에서 멈춰 주저앉진 않았다. 여행 잡지 편집장이 되어 일하던 A선배는 코로나로 인해 또 한 번의 매체 폐간을 맞았다. 그 상황에서 선배가 보인 행동을 전해 듣고 나는 조금 눈물이 났다. 업계의 다른 선배 편집장, 대표들에게 연락해 자기 밑에서 일하던 에디터들을 추천하고 일자리를 주선했다는 것이다. 자신의 앞일만 생각하고 챙기기에도 마음이 어지러웠을 텐데, 자기 슬픔에만 갇혀 있지 않았다. 자기 뜻과 달리 쉬어야 했던 몇 달 동안 선배는 불안을 내비치기도 했지만 1년이 안 되어 항공사 기내지 편집장 자리를 제안받아 다시 일하고 있다. 절망 속에서도 품위를 잃지 않았던 선배의 행동이 스스로에게 돌아왔다고 나는 믿는다.

　　다시 돌아가 겪어도 똑같이 힘들 것 같은 시간이 있다. 하지만 지금은 적어도 그 상황이 결코 영원하지 않다는 걸 알고 있다. 1년 뒤, 5년 뒤, 그리고 지금의 나는 조금 더 넓은 눈과 강한 맷집을 갖게 되었다. 좋은 일 속에서 나쁜 일의 씨앗이 싹틀 수 있듯 나쁜 일 속에도 좋은 일의 씨앗이 자라곤 한다는 걸 안다. 담담하게 눈앞의 한 계단씩을 오르다 보면 그 씨앗을 키워낼 수 있다는 것도 배웠다.

　　모두에게 용기가 필요할 때다. 영화 속 장면처럼 깜깜한 어둠 속을 걸을 때는 손을 잡아야 넘어지지 않는다는 걸, 서로가 서로의 발밑을 비춰주어야 한다는 걸 기억하면 좋겠다. 그런 사람들이 스스로 복을 만들곤 한다.

2부

넓어지는 삶

당신은 언제를 살고 있나요?

에디터로 오래 일하면서 가장 자주 받았던 질문은 이런 거다. "인터뷰했던 사람들 중에 누가 제일 기억에 남아요?" 기억에 남는가, 의 자리에 다른 표현—멋있나 똑똑한가 잘생겼나 달변인가 등등—이 들어갈 때도 있지만 사람들의 흥미는 대체로 올림픽적이다. 최고를 가리고 1등에게 메달을 수여해야 직성이 풀리는 것이다.

물론 잊지 못할 인터뷰들이 있다. 너무 어렵게 섭외해 성사시킨 인터뷰, 이건 특종이구나 싶은 이야기가 나와 뿌듯했던 인터뷰, 기사의 가치와 별개로 대화에서 나눈 교감이 벅찼던 인터뷰, 멀리 해외에 가서 운 좋게 그 사람의 공간에서 진행할 수 있었던 인터뷰들도 기억에 남는다. 장소에 켜켜이 스며든 세월의 아우라 때문이다. 파리 작업실에서 만났던 이우환 선생님이나 근교의 자기 집으로 초대해준 소

설가 아니 에르노, 작은 공장과도 같던 제프 쿤스의 뉴욕 아
틀리에와 폭설이 쏟아지던 날 찾아갔던 브루클린 폴 오스터
의 이층집… 아, 자기 집은 아니지만 꼭 닮은 쌍둥이 자녀가
함께 머물던 런던의 호텔방에서 만난 배우 틸다 스윈턴도.

　이 모두는 내가 매체의 이름으로 일하며 인터뷰어 경력
을 쌓을 수 있었기에 만날 수 있었던 사람들이고 누렸던 경
험이다. 인터뷰어가 사사로이 그 이야기를 이용하지 않으리
라는 신뢰가 있기에 인터뷰는 공적인 대화인데도 사적으로
는 물어볼 수 없는 내밀하거나 대담한 질문까지 허용된다.
인터뷰어일 때 나는 개인적 만남에서 절대 허락되지 않는 장
소를 방문할 수 있다. 또한 인터뷰이들은 내게 개인적 만남
이라면 절대 허락하지 않을 마음의 영역까지 열어 보인다.

　"인터뷰는 특별한 종류의 대화다. 그리고 좋은 대화에
서는 소위 지적 디엔에이라는 것을 교환하게 된다." 미술평
론가 마틴 게이퍼드는 『예술과 풍경』(을유문화사, 2021)에서
이렇게 말했다. 그리고 좋은 대화에서 그러하듯 인터뷰에서
교환하게 되는 것은 정서적 디엔에이이기도 하다. 질문을
던지는 사람도, 받아 답을 내놓는 사람도 아마 인터뷰가 어
디로 흐르리라 예상하거나 의도하는 길을 각각 가지고 만날
것이다. 하지만 서로의 의도를 비껴 알지 못하는 감정의 화

학작용에 의해 제3의 새로운 곳까지 나아가곤 한다는 것이 대화의 신비, 인터뷰의 매혹이다.

　질문으로 돌아가 보면, 나는 1등을 꼽기보다는 대체로 그 시점에서 가까운 시기에 만난 인터뷰이에 대한 인상적인 점으로 답하는 편이었다. 한 달에 적어도 두세 명, 많으면 열 몇 명을 만나 인터뷰하는 생활을 20년쯤 하다 보면 오래된 기억의 데이터베이스를 뒤지는 데 의미를 두지 않게 된다. 계속해서 새로운 사람을 공부하며 새로운 인터뷰를 준비해야 하니까. 잡지의 10주년 기념호 같은 것을 만드느라 아카이브를 샅샅이 돌아봐야 하는 경우가 아니라면, 인터뷰어로서 나의 관심은 이전에 만난 엄청나게 대단한 사람보다 이번 달에 새로 만날 사람의 어떤 대단함으로 옮아가 있는 경우가 잦다. 나에게 가장 기억에 남는 인터뷰는 가장 최근에 한 인터뷰, 제일 궁금한 사람은 조만간에 만날 인터뷰이이다.

　일 얘기를 할 때 자꾸만 타임슬립을 하는 사람들을 본다. 시간 이동의 시점은 대체로 자신이 가장 잘 나가던 때다. 들으면 알 만한 작품, 회사 또는 프로젝트에 몸담았던 시기. 그런 이야기를 들을 때면 그렇구나 굉장하구나 싶은 한편으로는 굉장하지가 않다. 수십 년 전 지나간 연애가 얼마나 애틋했는지 그리워하는 경우와 비슷해서 측은함이 생긴다. 지나간 일 얘기에 과몰입하는 사람들은 대체로 활약하던 자신의 잘나가던 시절, 그때의 모습을 그리워한다. 그런 이야기로 포장할수록 이상하게 현재의 모습은 초라해진다.

나는 선배들의 이야기 듣는 걸 좋아한다. 지금과 다른 환경 속에서 일하던 에디터 선배들의 이야기는 정말 흥미진진하다. 90년대에 처음으로 해외 컬렉션 패션쇼를 직접 가서 볼 때의 엄청난 충격과 자극, 해외 통신사에서 텔레그램을 받아 외신 뉴스를 정리하던 시절, 홍콩 영화의 전성기에 배우들과 감독들을 현지에서 만난 라운드 테이블 인터뷰…. 인터넷 이전의 매체들이 일하던 방식에 대한 이야기는 나만 듣기 아까워서 어디에 기록해두고 싶을 정도다. 하지만 선배들이 먼저 들려주는 법은 없기 때문에 내가 열심히 졸라야 한다. 이런 이야기가 다르게 다가오는 건 그 회상이 현재적 맥락에 와서 넓어지기 때문이며, 우리의 지금에 대한 대화가 더 풍성하기 때문이다. 왕년의 자신이 얼마나 대단했는지보다 일하는 사람을 둘러싼 환경이 어떻게 변화해왔는지에 집중하는 이야기는 함께 생각해볼 기회를 제공한다. 스스로를 전지적 주인공 시점에 놓는 대신 일의 풍경 속에 일부로 인식하고 묘사하는 관점은 허세스럽지 않으며 그래서 쉽게 초라해지지도 않는다.

인터뷰 일을 하며 나는 특권을 누려왔다. 무엇보다 인터뷰이들의 삶에서 소중한 시간을 나눠가질 특권. 그 특권은 인터뷰가 끝날 때 다 사라져서 이제 없다. 또 언제든 누리게 될 수 있다는 것도 알지만, 그게 나만의 기회라기보다 인터뷰어라는 자리, 역할에 속한다는 걸 안다. 그런 자각이 옛날 이야기를 나만의 무용담인 양 멋대로 떠들고 있지 못하게 붙잡는다. 인터뷰이의 이름을 열거하는 것보다 인터뷰어로서 일하는 환경이 시대에 따라 그리고 매체 안과 밖에 있을 때 어떻게 달라졌는지, 그런 이야기라면 해볼 수도 있겠다. 우선 후배들이 먼저 물어봐줄 때까지 기다려야겠지만.

삽질에도 쓸모는 있다

이 글을 쓰는 장소는 호주의 아름다운 휴양도시 골드코스트
다. 여행을 하며 바라보는 풍경이나 피부로 느껴지는 온도,
습도는 어떤 신호가 되어 잊은 줄 알았던 기억을 호출하기
도 한다. 영어를 사용하는 환경과 인구밀도가 낮은 도시, 비
슷하게 뜨거운 태양 아래 야자수들을 보고 있자니 5년 전 코
첼라 뮤직 페스티벌을 보기 위해 캘리포니아로 여행을 떠났
던 기억이 떠올랐다. 아마 내 인생의 가장 거대한 삽질이었
을 그 흙먼지 날리던 날이.

　　페스티벌이 열리는 인디오 근처 숙소들은 LA에서 차로
두 시간 반 정도 거리에 있다. 이미 2년 전 같은 페스티벌에
다녀간 적이 있었기에 나는 자신만만하게 효율적인 루트를
짜놓고 있었다. LAX 공항에 도착한 건 오전 11시 무렵. 근처
에서 간단한 점심을 먹은 다음 렌터카를 빌렸다. 호텔에 먼

저 체크인을 하고 나서 들른다고 해도 사막 한가운데 통나무집에 예약해둔 저녁 식사까지는 넉넉하게 시간이 남아 있었다. 그런데 LA 시내를 지나서 고속도로를 타려 할 때 문제가 생겼다. 분명 눈앞에 표지판들이 보이는데, 렌터카의 내비게이션은 자꾸만 다른 길을 알려주고 있었다. 고속도로에 오르기만 하면 잘못된 경로라며 곧바로 빠져나가라는 명령이 반복됐다. 길이 헛갈리거나 내비게이션의 지시를 알아듣기 힘들 때 운전자들은 당황하게 마련이지만, 그 안내가 영어일 때는 몇 배로 당황스럽다. 입력된 목적지를 확인해봐도 잘못된 점을 찾을 수 없었다. 공사 중이어서 우회도로를 알려주는 건가 의심하며 계속 차를 몰았더니 좁은 국도로만 향하다가 나중에는 급기야 비포장도로가 나왔다. 인적이 없는 미국 지방 도로, 먼지가 폴폴 날리는 사막 한가운데, 점점 흘러가는 시간…. 악몽 아니면 시트콤 속에 들어온 것처럼 운전대를 쥔 손이 땀에 젖어갔다. 조수석에 앉은 유일한 동행은 면허가 없는 친구라 도움이 되지 못했다.

　원인을 파악한 건 밤이 되어 겨우 숙소에 도착해서였다. 2시간 반 거리는 6시간 넘게 걸렸고, 이미 저녁 예약은 물 건너 갔으며 내내 운전한 어깨며 목은 뻣뻣했다. 도대체 무엇에 홀린 건 아닐까, 주차장에서 내비게이션을 이리저리

조작해보다가 찾아냈다. '설정'에서 '고속도로 회피' 옵션이 켜져 있었다는 것을. 렌터카를 이전에 빌린 사람이 무슨 이유에선지 돌아가려 그렇게 해둔 모양이었다. 너무 사소하고 어이가 없어서 웃음이 터졌다. 이 경험 뒤로 내 여행 방식에는 약간의 디테일이 더해졌다. 렌터카를 빌려 운전할 때 차 상태와 함께 내비게이션 옵션도 체크할 것, 번갈아 운전할 수 있는 동행과 함께할 것, 차에는 비상시에 당을 충전할 수 있는 간식을 상비할 것. 무엇보다, 계획한 대로 여행이 흘러가지 않더라도 너무 좌절하지 말 것. 여행에서의 사건 사고란, 웃어버릴 수만 있다면 다 추억이 되니까. 그 두 해 전 아무 문제 없이 수월하게 같은 여행지에 갔을 때의 뻥 뚫린 고속도로보다, '삽질' 여행 때 비포장도로에서 봤던 흙길과 돌산 풍경이 여전히 더 강렬하게 떠오른다.

여행에는 우리의 예상을 빗나가는 경험들이 끼어들게 마련이다. 아니, 예측을 빗나가고 계획에 배신을 당할수록 기억에 남기도 한다는 게 여행의 신기한 점이다. 더 나쁜 것뿐 아니라 더 좋은 것도 때로는 통제 밖에서 오기 때문이다. 이번 퀸즐랜드 여행에서 가장 좋았던 순간도 평소의 나라면 선택하지 않았을 일정들에 있었다. 아침잠도 경계심도 많아 보통은 해돋이 같은 걸 보러 갈 엄두를 내지 않는데, 멋진 영상을 담고 싶어 하는 촬영 팀을 따라갔다가 감동적인 일출 광경을 만났다. 또, 바닷가에서 달리기하는 건 극기훈련이라는 생각을 갖고 있었는데 막상 뛰어보니 정말 상쾌하고 기분이 좋았다. 내가 경험한 다른 해변과 달리 백사장이 굴곡 없이 편평하게 펼쳐져 있고 고운 모래는 바닷물에 다져져 발이 푹푹 빠지지 않도록 탄탄하게 받쳐줬기 때문이다. 어떤 진실들은 머릿속 시뮬레이션이 아니라 발바닥으로 디뎌봐야만 알게 된다. 우리가 여행을 떠나는 이유는 뭘까? 그 나라의 자연과 문화를 접하고 싶어서, 여행지에서 평소와 다른 방식으로 반응하고 행동하는 나를 보려고, 혹은 그저 복잡한 일상을 잊고 즐기기 위해서이기도 하다. 그렇게 잘 여행하고 돌아올 때 일상을 잘 사는 역량이 늘어 있기도 한다. 돌아와 계속되는 삶에서 만나게 되는 돌발 상황, 내 머리 밖의 진짜 현실을 받아들이는 유연성과 적응력을 키우는 기회가 여행이기도 한 것이다.

완벽한 계획을 세우고 얼마나 잘 실행에 옮겼는지에서 의미를 찾을 수도 있겠지만, 다양하게 시도하다가 여러 시행착오를 겪으면서도 앞으로 나아가는 사람들을 나는 응원한다. 우리 삶에 고유한 개성과 이야기를 부여하는 건 매끈한 단면보다는 울퉁불퉁한 굴곡들이다. 적어도 더 많은 삽질을 해본 사람의 인생에는, 더 많은 추억이 만드는 다채로운 무늬가 생긴다. 실패해도 다시 해볼 수 있는 회복 탄력성이란 그런 열린 마음을 가진 사람들이 받는 축복일 것이다.

20대보다 30대,
30대보다 40대

전라도 장성과 담양, 충청도 부여와 온양을 거치는 가을 여행을 다녀왔다. 돌아와서 휴대폰을 보니 사진첩에 온통 단풍과 음식 사진이 가득하다. 노랗고 빨갛게 물든 국립공원을 등산하고, 맛집을 찾아다니며 그 지역에서 만들어 유통하는 막걸리를 맛보고, 온천에서 여독을 풀고…. 중년들이나 한다고 생각했던 방식의 여행을 내가 하고 있다니 이게 무슨 일이지? 뭐긴, 내 나이가 이미 40대 중반의 중년이라 벌어진 일이다.

　중년이라는 건 스스로에게까지도 약간 놀리고 싶은 마음이 드는 지위이긴 하지만, 나이 먹는 일이 그렇게 나쁘지만은 않다. 내 경우 20대보다 30대가, 30대보다 40대가 점점 더 좋았다. 나는 결혼하지 않았으며 따라서 남편이나 아이도 없고 얼마 전에 회사도 그만두어 프리랜서니까 어른들이 걱정할 만한 요건은 다 갖춘 채로 나이 들어가게 된 셈이다. 어린 시절 막연하게 내가 그리던 40대 중반의 안정된 모습과도 꽤 다르다. 그럼에도 지금의 내가 괜찮고, 지금 내 나이가 나쁘지 않게 여겨진다는 이야기를 더 어린 세대 앞에서 많이 하려고 한다. 서른 이후의 삶을 상상하기 어려웠던 어린 시절에는 내가 '나이든 여자'가 된다는 사실만으로 막연하게 두려움까지 느꼈기 때문이다.

한국 사회는 유난히 나이에 민감하다. 서로 이름 대신 '언니' '오빠'라 부르는 호칭과 존댓말 체계는 대학이나 회사에서 동기로 만난 사람들에게까지 위계 설정을 하게 만든다. 게다가 입학, 졸업, 취업, 결혼, 출산 같은 인생의 굵직한 이벤트들이 어떤 연령대에 성취해야 하는 과업처럼 주어지며 그 트랙에서 조금이라도 벗어난 사람들을 특이 취급한다. 여성의 경우에는 외모에 대한 잣대와 결합해 나이에 대한 기준이 더 숨 막히게 적용되기도 한다. 대학에 입학했을 때 신입생들을 환영하는 동시에 같은 과 3학년 언니들을 늙은이 취급하던, 더 늙은 남자 선배들을 기억한다. 그 언니들은 고작 스물두세 살이었다. 회사나 동호회 같은 새로운 커뮤니티에 속할 때마다 비슷한 패턴이 벌어졌다. 언제나 상대적으로 어린 여자들이 나이와 외모로 찬양받는 동안, 시니어인 여자들은 나이가 많다는 이유만으로 평가절하됐다. 남자들은? 누구에게서 품평의 권력을 얻었는지 몰라도 그들은 언제나 자를 들고 설치는 쪽이었다. "여자 나이는 크리스마스 케이크 같은 거야. 25 넘으면 값 떨어져." "서른 넘기 전에 시집가야지. 30대 되면 재취 자리밖에 안 들어와." 지금 같으면 직장 내 괴롭힘으로 신고할 만한 이런 문제 발언들을 일하면서 중년 남성들에게 들었다.

인생은 정말 긴데, 앞으로 점점 더 길어질 텐데, 젊음을 디폴트에 놓고 그것을 점점 잃어가는 서사로 바라본다면 모두가 지는 게임의 규칙 아닐까? 우리에게는 자기 방식으로 살아가는 더 다양한 연령대, 더 많은 삶의 예시가 필요하다. 유튜브는 그런 살아 있는 예들을 만날 수 있는 좋은 창구다. '박막례 할머니' 채널의 박막례 크리에이터(이하 '막례쓰')는 40년대 생인 많은 한국 여성들이 그랬듯 원하는 만큼의 교육을 받지 못했다. 무책임한 남편을 비롯해 여러 사람들과의 인연에서 고통받기도 하고, 생활고에 시달리며 사기도 당한다. 하지만 식당 운영이라는 자신의 일을 오래 사랑하며 성과를 냈고 70대에 시작한 새로운 일에서는 더 큰 성공을 거뒀다.

막례쓰처럼 큰 성공을 경험하는 일이 보편적인 70대의

인생은 아닐 거다. 하지만 내가 40년이 넘도록 세상에 존재해보면서 알게 된 사실이 있다. 여자의 인생에 이상적인 나이가 있고, 그 시점을 지나면 점점 하향 곡선을 그리는 방향으로 진행되는 게 아니라는 점이다. 돌아보며 후회되는 건 특정 나이에 뭔가 이루지 못해서라기보다 오히려 그 나이에는 이러저러해야 한다는 남들 이야기에 눈치를 보고 겁먹었던 일이다. 크리스마스 케이크 취급을 당할 때, 적당한 나이에 결혼하지 않으면 앞으로 남자를 만날 기회가 적어진다거나 인기가 없어질 거라는 말들 앞에 내가 혹시 위축되었던가? 과거로 돌아가 비밀을 하나 말해주고 싶다. "어리다고 얕잡아보거나 귀찮게 들러붙는 놈팡이들이 점점 줄어든다는 건 사실 아주 쾌적한 일이야!"

40대가 '좋다'고 말할 때 마냥 꽃길만 걷고 있다는 뜻은 아니다. 일에 대한 책임감은 점점 커지고, 새로운 시도 앞에 생각이 많아지며, 세상을 바라보는 시각도 마냥 낙관적이기는 어렵다. 아직 크게 아픈 곳은 없지만 체력도 점점 예전 같지는 않을 것이다. 다만 성년이 된 이후로 20년 이상 살아온 경험을 통해 축적되는, 나와 세상에 관한 빅데이터에서 힘을 얻는다. 나 자신이 무엇을 좋아하고 싫어하는지 더 잘 알게 되며, 남들의 눈치를 덜 보면서 원하는 걸 명확하게 추구

할 수 있다. 오래 보고 익숙한 내 몸이나 외모에 대해 편안해
진다. 예상 밖의 나쁜 일들도 겪어봤기에 세상이나 타인에
대해서 포용할 수 있는 폭이 넓어진다. 유연하게 대처할 여
유와 회복력이 생긴다. 내가 쌓아온 업무의 전문 영역과 네
트워크 속에서 잘할 수 있는 일들의 감각이 더 단단해진다.
앞으로도 더 넓은 세상 속에서, 좀 더 자유롭게 움직여볼 수
있을 것 같다는 자신이 있다.

　　나이는 숫자에만 불과한 것이 아니다. 단풍이나 봄꽃의
아름다움이 눈에 들어올 때, '아피찻퐁 위라세타쿤' '치마만
다 응고지 아디치에' 같은 어려운 이름을 어려움 없이 외우
던 내가 "그거 말이야", "그 사람 있잖아" 하며 대명사를 자
꾸만 쓰게 될 때, 어른들이 그렇게 되어가던 인생의 큰 사이
클 속에 나 역시 속해 있다는 걸 인정하게 된다. 하지만 나
이차보다 크고 강하다고 느끼는 건 개체차다. 몇 살이든 사
는 모습은 각자 다르고, 스스로의 태도가 그 차이를 만든다.
나이는 모든 것을 결정해버리는 절대적 조건이 아니며, 던
져버리고 극복해야만 하는 악조건도 아니다. 나이를 먹으며
보편적으로 따라가는 몸과 마음의 변화만큼이나, 나이를 먹
으면서야 알게 된 새로운 좋은 것들도 내게는 많다.

　　이런 맥락에서 나는 다가올 50대가 더 기대된다. 그런

데 50대 여성들이 어떻게 살고 있는지 하는 이야기는 왜 접하기가 어려운 걸까? 선배들이 꺼내주지 않는다면 몇 년 뒤에는 내가 먼저 시작해볼지도 모르겠다.

할머니, 더 뉴 제너레이션

"할머니는 진짜 할머니 같지 않아요!"

"할머니 같은 게 뭔데?"

"쿠키도 만들고! 나쁜 말도 안 하고! 남자 팬티도 안 입고!"

영화 〈미나리〉에서 데이빗(앨런 김)과 순자(윤여정)가 나누
는 대화다. 미국 할머니들을 보며 자라왔을 꼬마는 한국에
서 온 할머니에 대한 낯섦과 문화적 이질감을 이런 식으로
표현한다. 아이가 할 수 있는 투정일 뿐인데 나는 속으로 할
머니 편을 들고 있었다. "얘 데이빗아, 너랑 친구랑 다른 것
처럼 할머니들도 서로 다 다른 거야. 그리고 너네 할머니가
평생 살면서 얼마나 '여자는 이래야 해' 하는 말을 들어오
셨을 텐데 너한테 '할머니는 이래야 해' 소리까지 들어야겠
니?" 언젠가 나도 할머니가 될 텐데, '진짜 할머니 같은' 할머
니는 절대 아닐 거라는 예감이 강하게 든다.

할머니라는 단어를 새삼 들여다본다. 표준국어대사전에서 할머니는 우선 부모의 어머니를 뜻한다고 등재돼 있으며, 마지막 줄에야 "친척이 아닌 늙은 여자를 친근하게 이르거나 부르는 말"로 적혀 있다. 여성이 나이 먹어갈수록 세상 속의 자기 자리로 정확히 이름 불리기보다 다른 존재들과의 관계성 속에 두루뭉술하게 호명된다는 것은 40대를 넘기면서 조금씩 경험해왔다. 모르는 상대에게 '어머님'이나 '사모님' 같은 낯선 호칭들을 들을 때, 자식도 남편도 없는 나는 매번 당황한다(그러니 우리 모두 누구에게나 쓸 수 있는 '선생님' 같은 호칭을 선택하면 어떨까?). 세상에는 나처럼 자녀도 남편도 없으며, 따라서 손자 손녀는 더더욱 없는 채로 나이 먹을 여자들이 존재한다. 내 주변의 많은 비혼 여성 또는 결혼했지만 무자녀인 여성들은 'Grandmother'는 아닌 채로 'Old Lady'가 되어갈 것이다.

결혼 안 한 여자들은 나중에 늙고 병들었을 때 혼자 어쩌려고 그러냐는 걱정인지 위협인지 모를 말을 참 많이도 듣는다. 노인 빈곤율이 OECD 가입 국가 가운데 가장 높은 나라이기에 노년 이후의 빈곤과 질병, 고독에 대한 두려움에서 누구나 자유롭기 어렵다. 하지만 재활용품 수집으로 생계를 이어가는 여성 노인들이 과연 결혼을 안 해서 혹은 자녀가 없어서 가난해졌을까? 그보다는 오히려 성장 과정에서는 남자 형제들에게 밀려 교육 기회에서 배제되고, 가사노동에 집중하느라 직업적 기술을 갖지 못했을 가능성을 떠올리게 된다. 가정에 대한 여성의 공헌은 종종 지워지기에 자신의 몫으로 된 자산 축적도 어려웠을 것이다. 사적 보험 역할을 하는 가족을 만들어두는 일이 결코 여성들의 안락한 노후를 보장하지 않는다는 말이다. 그보다 필요한 것은 공적인 사회보장제도이자 계속 일할 수 있는 튼튼한 환경이다.

너는 여자 혼자라서 틀림없이 불행해질 거라며 겁을 주는 목소리보다 우리 각자 혼자이지만 그러니 느슨하게 손잡자고, 함께 지금까지 없던 미래를 상상해보자고 대화를 건네는 존재들에게 더 귀를 기울이고 싶다. 『이상하고 자유로운 할머니가 되고 싶어』(어크로스, 2020, 이하 『이로운 할머니』)를 쓴 무루 작가도 나 같은 40대 비혼 여성이며, 혼자 늙어가다가 어쩌려고 그러냐는 염려를 참 많이 들어온 사람이다. 하지만 그런 걱정에 잠식되는 대신 단독자로 잘 늙어가기 위한 어른의 단단한 마음가짐을 궁리하고 실천하기에 그의 책을 읽는 동안 나는 좋은 또래 친구를 만난 것 같았다. 무루 작가는 스스로의 생활을 돌보는 좋은 습관을 가지기를, 타인에게 연민의 마음을 잃지 않기를, 덜 편협하고 더 유연한 사람이 될 수 있기를, 조카들에게 향수 어린 공간을 내어줄 수 있기를 희망하며 마침내 이렇게 적는다. "그러니 나는 조금 설레며 기다린다. 할머니가 되는 날을."

자유로운 할머니가 되려면 우선 스스로 생계를 꾸려갈 수 있는 경제력이 있어야 할 것이다. 그리고 사람이기에 사람이 필요하다. 자녀나 손자녀 같은 수직적 혈연 대신 수평적 관계의 친구가, 문을 열고 나가 눈을 마주치며 인사를 나눌 이웃이 있으면 좋겠다.『이로운 할머니』는 하나의 완성된 선택지로서 독신자들이 늘어나고 공존할 때, 마을이나 커뮤니티나 느슨한 가족의 모습을 이룰 때 비혼 노년이 반드시 고독하지만은 않다고 말한다.

다드래기 작가의 만화『안녕, 커뮤니티』(창비, 2020)에서 자발적 비상연락망을 짜서 돌리는 마을 노인들도 이런 공동체라 할 수 있을 것이다. 비혼이거나 사별했거나 이혼하거나 자녀가 있거나 없거나 한 채로 늙어가는 동네 친구들은 순서를 정해 아침마다 서로 안부를 확인하고, 무사함을 단톡방에 공유하며, 몸이나 마음이 아플 때 서로를 들여다보고 기댄다. 어쩌다 보니 멀지 않은 동네에 모여 살며 가끔 식재료와 반찬을 나누고, 같이 운동을 다니고, 집을 비울 때면 각자의 반려동물을 돌봐주는 내 친구들과도 이렇게 늙어갈 수 있으면 좋겠다. 미래의 1인 가구들, 할머니(Grandmother)가 아닌 할머니(Old Lady)들에게 필요한 건 결핍을 채워주는 가족이 아니라 결핍을 가진 채로 서로의 안녕을 지켜봐주는 커뮤니티다. 할머니가 되는 날을 설레며 기다리진 않더라도 두려움 없이 잘 준비하고 싶다.

손 내밀 줄 아는 용기

"선우야, 잠깐 통화 가능하니?" 명절이 아닐 때 오는 이모의 카톡은 엄마에 대해 뭔가 고자질할 건수가 생겼다는 뜻이다. 이번에는 예감보다 더 나쁜 내용이었다. 2주 이상 입원해야 하는 인공관절 수술을 결정하고도 엄마는 나에게 알리지 않은 것이다. 보호자 동의서에 사인을 하고 온 이모가 슬며시 일러바쳐준 덕에 다행히 나는 수술 당일 부산에 내려가볼 수 있었다. 마취도 덜 깬 손으로 묵주를 더듬으면서 한 아네스 씨는 말했다. "만다꼬 왔노, 바쁘다면서. 괜찮으니까 내일 바로 올라가라." 나는 참을 수 없이 화가 났다. 무뚝뚝하고 오만하고, 자기 혼자 뭐든 알아서 하겠다는 고집. 하여간 나와 똑 닮은 모습이었다. 나도 엄마에게 알리지 않고 전신마취가 필요한 수술을 한 다음에 1년 뒤에야 책을 통해 알게 한 적이 있다. 그때 일을 이런 식으로 돌려받는 것 같았

다. 엄마에 대한 배신감, 이 지경이 되도록 몰랐던 자신에 대
한 원망과 죄책감이 들었다. 급기야 자기는 괜찮으니 어서
집에 가서 냉동실에 있는 불고기와 미역국을 꺼내 먹으라는
대목에서는 소리를 빽 지르고야 말았다. "엄마, 환자 주제에
지금 다른 사람 챙기고 있나? 이래라저래라 명령하지 말고
좀 고분고분 아픈 데나 집중하라고!"

입원과 회복 기간에는 동거인의 살뜰한 보살핌을 받았
지만, 친구와 함께 살기 전까지 15년의 자취 기간 동안 나는
응급실에도 혼자 가는 사람이었다. 어떤 문제가 발생하면 어
떻게든 혼자 해결하려 애썼다. 누군가에게 도움을 요청하는
건 우선 번거롭고 오래 걸리는 일인데, 잡지사에서 일하는
동안 나는 언제나 바빴다. 친구에게 같이 이케아에 가줄 수
있을지 물어보고 날짜를 맞추는 것보다 내가 당장 차를 몰고
다녀와서 낑낑대며 혼자 조립하는 편이, 그리고 다음 날 앓
아눕는 편이 더 간단했다. 자존심이 상하기도 했다. 뭔가 도
와달라고 하려면 내 문제를 드러내는 게 먼저니까. 가구 조
립을 부탁하려면 최소한 집에 불러야 하는데, 그러기엔 너무
집이 더럽다거나 하는 상황 말이다. 친한 친구들에게조차 그
만큼 약한 모습, 문제 있는 나를 보여줘도 괜찮다고 느껴지
지 않았다. 그렇게 나는 혼자서 할 수 있는 일이 많아졌고 반

대로 혼자 할 수 없어서 아예 방치하는 일도 늘어났다. 점점 독립적이 되어가는 대신 누군가에게 의지하는 법, 도움을 요청하는 법을 잊어갔다. 그 상태는 독립인 동시에 고립이기도 했다. 엄마도 어쩌면 아픔 그 자체보다 자신의 아프고 약한 모습을 드러내는 일이 더 어려웠을지도 모르겠다.

"아유, 딸이 있어서 참 좋겠네. 우리 아들은 돈 버느라 바빠서 와보지도 않는다 아이가." 수술 다음 날 거동이 힘든 엄마 곁을 지키는데 같은 병실 아주머니가 말했다. '저도 지금 돈 버느라 바쁜 거 안 보이세요?'라고 따지려다 슬기로운 병원생활을 위해 꾹 참았다. 글 쓰는 프리랜서의 문제점은 노트북을 펴 들고 앉아 있는 모습만으로는 꽤 여유 있어 보인다는 것이다. 새로 시작하는 인터뷰 연재를 앞두고 속이 타들어가는 때였는데, 병실에는 코로나19 이후로 외부인 출입을 통제하면서 보호자들이 쉴 의자도 하나 없었다. 휠체어에 앉아 원고를 수정하다 보니 허리가 너무 아파 나 역시 정형외과 신세를 지게 될 것 같았다.

나의 마감도, 엄마의 고통도 다행히 영원하지는 않았다. 다음 날부터 둘 다 조금씩 여유가 생겨 제일 작은 캠핑 의자를 갖다 놓고 병상 곁에서 업무를 보거나 놀았다. 간병인이 따로 있기에 내가 할 일은 많지 않았다. OTT 서비스에서 엄마가 놓친 드라마를 찾아 틀어주고, 드라마 속 '썸' 타는 연상연하 커플이 어떻게 되어가는지 들었다. 요즘 진행하고 있는 인터뷰 프로젝트에서 만난 피아니스트 이야기, 최근에 만들었던 음식 실패담, 늘 사소한 사고를 치는 친구 남편 험담 같은 걸 떠들었다. 나는 병실에서 철저히 '잉여'였다. 꼭 필요한 존재가 아닌 대신에 내 주된 임무는 활기찬 모습으로 돌아다니면서 엄마에게 병실 밖 세상을 상상하게 하는 일이었다. 똑같은 면적의 좁은 방에도 창문이 있고 없고는 다르다. 내가 옆에 있다고 해서 엄마의 통증이나 불편함이 덜하진 않겠지만, 신선한 공기나 새로운 풍경을 조금은 더했을 거다. 자기 안의 아픔이나 불안으로만 향하는 시선을 바깥으로 돌리는 것, 혼자가 아니라는 감각은 그런 것이다.

일주일 뒤 다시 병원에 가는 날, "아무것도 필요 없다" "오지 마라" "됐다 마" 등의 부정어로 일관하던 엄마가 모처럼 빵을 사다 달라고 했다. 사랑이란 기쁘게 이용당하는 마음 아닐까? 내 돈 3만 원을 쓰면서 이렇게 기분 좋을 수가 없었다. 소화가 잘될 만한 부드러운 빵으로 종류를 다양하게 섞어 사 들고 가자 옆 병상에 새로 수술 받은 아주머니 식구가 여럿 와 있으니 그들에게 나눠주라는 것이었다. 여전히 환자 주제에 다른 사람 입에 들어가는 걸 챙기고 있는 아녜스 씨였다. 엄마다운, 또 내가 닮은 그 모습에 다시 두 손 들었다.

이제 나는 아프고 힘들 때 친구들에게 구조 요청을 곧잘 한다. 혼자 해결하는 편이 간단할지라도 번거롭게 옆에 있어달라고 말할 줄 안다. 상대방이 뭔가 준다고 하면 고맙게 받는다. 나의 소중한 사람들이 그렇게 해달라고 요청하면 나 역시 기쁘게 이용당할 마음이 있기 때문이다. 강한 사람도 약할 때가 있다. 그 사실을 인정하며 약함을 적절하게 드러내고, 도움을 받아 해결을 모색하고, 친절에 기대어 회복하고, 다른 이가 도움을 필요로 할 때 잘 돌려줄 수 있는 상태로 나를 만드는 것. 내가 알게 된 진짜 강함이란 고립이 아닌 연결의 힘이다.

끝을 알고도 시작하는 사랑

고로가 세상을 떠났다. 나와 11년 3개월을, 동거인과는 3년 6
개월을 함께 살았던 고양이다. 말랑말랑하고, 따뜻하고, 부
드럽게 움직이며 나와 눈 맞춤을 하던 존재에게서 그 모든
생명의 속성이 사라지는 일을 목격한다는 건 슬픔과 상실감
이전에 충격이며 공포다. 그럼에도 고양이의 죽음에 대해
써야겠다고 생각한 건, 많은 사람들이 이미 지나왔거나 언
젠가는 통과할 과정이기 때문이다. 세상에는 반려동물의 수
만큼이나 많은 이별이 조용히 치러진다. 나만 겪는 일이 아
니라는 걸 아는 것만으로도 조금 덜 힘든 고통이 있다면, 서
로를 위해 공유해도 좋을 것이다.

　　고양이 나이 변환기에 11년 6개월이라는 숫자를 넣어봤
더니(고로는 3개월 된 청소년 길냥이일 때 나에게 왔다) 사람 나
이로 62세가 나왔다. 적지는 않지만 죽을 만큼 충분히 늙은

나이도 아니다. 100살이 나와도 받아들이기 쉬울 리는 없다. 동물들의 생애는 인간보다 훨씬 속도가 빠르고, 아무리 나이를 먹어도 그들은 아기처럼 느껴진다. 인간이라면 노화하며 자연스럽게 보이는 죽음의 징후들도 보송한 털 아래 가려진다. "개나 고양이를 입양하는 사람들을 이해할 수가 없어. 분명 자기보다 먼저 죽을 거라는 걸 알면서 왜 키우는 거야?" 몇 년 전 지인에게 들었던 이야기가 떠올랐다. 이제 그 질문에 자신 있게 답할 수가 없었다.

SNS로 부고를 알리자 위로의 댓글들이 이어졌다. "좋은 데서 기다리고 있을 거야." "고양이 별에서 지켜볼 거예요." 지극히 친절한 말들이 고마우면서도 어쩐지 마음 깊은 곳까지 와닿지 않았다. 자기 고양이 이름 뒤에 명복을 빈다는 말이 붙어 있는 걸 누가 쉽게 받아들일 수 있을까. 이제 막 벌어진 사건의 초입에서 어쩔 줄 모르는 나를 두고 다른 사람들은 결말까지 다 내버린 것 같았다. 천국인지 무지개 다리 너머 어디인지 먼 곳을 자꾸 향하는 인사말들을 멍하니 흘려듣는 동안 내 마음은 아무 데도 못 가고 고양이와 함께 집에 붙박였다. 현관 중문을 열 때, 샤워커튼을 걷을 때, 부엌 물그릇 앞에 동그랗고 커다랗게 앉아 있는 고로가 자꾸 보였다. 더 아픈 쪽이 환영인지, 그 환영마저 점점 옅어지며 함께한 기억이 사라지는 일인지 알 수 없었다.

주변의 도움에 의지하며 며칠을 지냈다. 친구들이 번 갈아 죽을 쑤고 과일을 썰고 반찬을 포장해서 가져다주었으며, 고양이의 마지막을 제대로 돌보지 못한 죄책감을 토로할 때 들어주었다. 각자 고로에 대해 기억하고 있는 부분들을 떠올려 들려주기도 했다. 우리 집에 놀러 왔을 때 호기심을 보이며 다가온 것, 앞발로 노트북 키보드를 건드려 새 폴더를 만들었던 일, 무릎에 올라와 앉았을 때 얼마나 무거웠는지…. 친구들이 그런 기억들을 나눠줄 때면 국화꽃을 한 송이씩 건네받는 것 같았다. 네가 고양이를 많이 사랑했구나, 고양이는 너에게 많이 사랑받았구나 하는 말들이 어깨에 따뜻하게 담요를 둘러주었다. 멀리 어딘가로 떠나보내기 전에, 아직은 생생한 기억을 붙들고 쓰다듬을 수 있었다. 애도하는 시간을 가지며, 혼자서 반려동물과 사는 나의 싱글 친구들을 생각했다. 언젠가 그래야 할 때가 오면 나 역시 죽을 쑤고 과일을 썰고 반찬을 포장해서 그들의 곁에 있어주어야겠다고.

반려동물 장례식장에서는 각각의 방에서 추모의 시간을 가진 다음 유리창 안쪽에서 화장하는 과정을 지켜볼 수 있게 한다. 담당자는 동작의 낭비 없이 몸가짐이 단정한 분

단단한 마음

이었다. 새벽 시간이라서, 혹은 혼자 일하느라 너무 피곤해서 최소로 움직이느라 그랬을 수도 있지만 서두르지 않는다는 게 고마웠다. 다 타고 나서 남은 뼛조각을 핀셋으로 골라내서 항아리에 담는 과정은 참 느릿했다. 아무렇지도 않게 하던 일상생활이 뭔가 어눌하게 더뎌지고, 너무 울어서인지 눈에 초점이 잘 맞지 않고, 전처럼 일하는 속도가 나지 않아서 스스로가 답답해지면 그때를 떠올린다. 유골을 하나씩 함에 담던 느릿한 몸짓을. 슬픔을 처리하는 속도는 도저히 신속할 수 없고 그래서도 안 될 것이다.

다음 날, 유골을 깎아 제작한 스톤을 찾으러 다시 가서 기다리는 동안 납골당을 둘러봤다. 작은 추모함 칸마다 강아지 고양이의 사진들과 함께 밥그릇이나 목걸이, 다녀간 가족들의 편지들이 보관되어 있었다. 어느 시추 가족들이 남긴 메모 가운데 나이가 지긋해 보이는 글씨체가 눈에 들어왔다. "마리야, 엄마가 요즘 자주 찾아오지 못해서 서운했지? 몇 달 동안 엄마가 임영웅이라는 가수에게 빠져 있었어. 미안해, 하지만 우리 마리를 잊어버린 적은 없어." 눈물이 흐르는데 웃음이 났다.

동거인과 나는 매일 시간을 내어 같이 걷는다. 몸을 움직이다 보면 묵직하게 가라앉던 감정도 조금은 떠오른다.

걷다가 길냥이들을 마주치면 곁에 간식을 놓아주고, 부디
오래 살라는 인사를 건넨다. 산책하는 개들을 보면서는 세
상에 이렇게 무모한 사람들이 많다는 데 새삼 놀란다. 틀림
없이 상실을 겪을 줄 알면서도 우리는 사랑을 한다. 아무 관
계도 맺지 않는 안전보다는 다 가졌다가 전부 잃어버리는
위험을 선택한다.

　　2주가 지났다. 눈물이 나면 울기도 하지만 행복한 순간
을 애써 만들려고 노력한다. 마리는 잘 지낼까? 임영웅에게
질투를 느끼거나 서운했을까? 엄마가 다시 웃는 걸 보며 같
이 좋아했을 것 같다. 우리의 삶에 고유한 이야기를 만들어
주는 건 만나고 사랑하고 함께 지냈던 기억이다. 최근 2주
의 힘든 기억까지 고스란히 안고 11년 3개월 전으로 돌아가
어린 길냥이를 만난다면 나는 다른 선택을 할까? 아니, 다시
한 번 기꺼이 무모해질 것이다.

일이 나를 일으켜줄 때

복권에 당첨되면 뭐 하며 살까? 친구들과 이런 대화를 나눈 적이 있다. 일을 그만두고 어떻게 노는 게 잘 노는 건지 아주 제대로 보여주겠다는 쪽이 절반 정도, 지금의 삶의 모습과 크게 바뀌지 않을 것 같다고 말하는 편이 절반 정도 된다. 나는 후자 쪽이다. 거액의 목돈이 생기면 기뻐하며 잘 묻어둔 다음, 지금과 다름없이 매주 마감을 할 것 같다. 글이 안 써진다고 스트레스도 받고, 편집자와의 의견 차이로 부딪치기도 하면서. 일을 하는 큰 이유가 돈이긴 하지만 이유의 전부는 될 수 없기 때문이다. 일해서 번 돈이 주는 경제적 자유와 자립은 사람에게 굳건한 심지가 되어준다. 그리고 유형의 자산으로 환원할 수 없는 가치도 일하면서 많이 얻는다.

지난번에 SNS에서 좀 힘든 사건을 겪었다. 몸과 마음의 에너지를 소진했지만 마냥 무기력하게 누워 있을 수만은 없었다. 답하지 않으면 안 되는 메일, 쓰지 않으면 안 되는 글이 기다리고 있었으니까. 일이 영 손에 잡히지 않았지만 안되면 엉덩이로라도 잡아보려고 일단 앉았다. 일 능률이 오를 때가 있으면 생산성이 떨어질 때도 있는 건 매일의 날씨 변화와 닮았다. 어떤 날은 좋은 바람을 맞으며 가볍게, 또 어떤 날은 비에 폭삭 젖은 옷깃을 여미고 오들오들 떨면서 한 발씩 나아간다. 그날은 평소만큼의 효율은 나지 않았지만 잘되건 아니건 일을 하느라 휴대폰도 안 들여다보았고 부정적인 생각들도 잠깐 잊을 수 있었다.

일하느라 힘든 때도 많지만, 거꾸로 일이 있어 괴로움이 멈추기도 한다는 발견은 아버지 장례를 치를 때 왔다. 피붙이들은 갑작스럽게 꾸려진 3일짜리 프로젝트 팀이 되었다. 연락을 돌려 손님을 맞고, 빈소에 떨어진 음식을 주문하고, 장례 방식과 장지를 결정하며, 부조금을 헤아려 상조 비용을 정산하는 일이 끝없이 밀려왔다. 처음 해보는 미숙한 업무를 처리하는 사이사이로 아버지가 떠올랐다. 영화 속에 인서트 되는 장면처럼 마지막으로 만져봤던 차가워진 발의 감각이 불쑥불쑥 끼어들었다. 하지만 의사결정과 소통, 물자 조달, 돈 관리와 VIP 의전 같은 업무를 나눠 하는 동안은 그 장면이 옅어졌다. 복잡하고 수고로운 장례 절차와 의식들은 고인을 적절히 떠나보내는 예우인 동시에 남은 가족을 위해 고안된 것 같았다. 갑작스런 결별을 돌이킬 수 없는 사실로 받아들이게 만들어주는 한편으로, 마냥 울고만 있다가 넋을 잃지 못하게 붙들어주었다. 하얀 머리핀을 뽑으면서 그제야 피로와 함께 상실감이 찾아왔지만, 가장 힘든 시간은 지나간 뒤였다. 서로 너무 가까운 거리에 있어 위로를 주고받기에도 서툴렀던 가족들은 자연스럽게 서로를 도우면서 삶의 한 고비를 통과하고 있었다.

밥벌이의 루틴은 고단하지만 그 반복이 때로 우리를 지켜준다. "표면은 잔잔해 보이지? 이 속에서는 엄청 거친 물결들이 일렁이고 있는 거야." 13년 동안 함께 일했던 전 직장 상사는, 사무실의 매일이 평탄해 보이지만 구성원들 하나하나 각자의 고민과 문제를 감추고 있다는 이야기를 종종 했다. 누군가는 실연의 아픔을, 반려동물을 떠나보낸 슬픔을, 집안의 대출이나 가족의 건강 문제를 안은 채 출근을 하고 자리에 앉는다. 그리고 매일의 할 일로 들어가면서 복잡한 내면에서 잠시 빠져나온다. 공적인 자아를 꺼내어 역할을 수행할 때 우리는 개인으로서 처한 문제에만 매몰되지 않을 수 있다. 각자의 차가운 발을 잠깐 잊어버린다.

일을 하면서 옅어지는 슬픔이 있다면, 일을 해서 얻는

기쁨의 순간들도 있다. 마냥 쉽게 주어지지 않기에 귀한 행복감이다. 준비한 제안서가 통과되었을 때, 내 머릿속을 떠돌던 아이디어가 구체화되어 세상에 나가는 걸 볼 때, 노력의 성과가 조직 안에서 인정받아 보상으로 돌아올 때 누리는 성취감은 다른 장르의 즐거움으로 대체하기 어렵다. 자기만의 업무 플로우를 만들고 그 속에 푹 들어갈 때 느끼는 몰입의 희열은 얼마나 크고 강력한가. 서로의 강점을 발휘하고 성장하면서 동료들과 쌓는 팀워크, 혼자보다 강력한 팀을 이루어낼 때의 도약, 그 속에 생겨나는 우애와 자부심은 때로 배타적인 연애관계보다 더 큰 충만함을 준다.

일을 한다는 것은 반복되는 스트레스와 도전 속에 내 자신을 던져놓는 동시에 이 모든 감정의 파도를 적극적으로 끌어안는 기회이기도 하다. 일하면서 분비되는 아드레날린을 한 번이라도 경험해본 사람은 이전의 건조한 평온으로 돌아가기 어렵다. 점점 더 나아지기를 소망하고 추구하게 된다. 유한하고 허무한 삶 속에서 우리가 진짜 살아 있음을 실감하는 건, 어떤 환경 속에 나를 내던져보고 깊숙이 들어가 밀도 높게 몰입감을 느낄 때다. 대표적으로 그런 경험이 사랑, 그리고 일이다. 때로 실패할지라도 그 속에 성숙하고 또 새로워지는 경험이 쌓여서 각자 삶의 고유한 이야기를 만든다.

　일할 때의 나는 일을 하지 않는 나보다 조금씩 더 나은 사람이 될 수 있다고 믿는다. 나와 다른 능력과 배경, 가치관을 가진 사람들을 존중하고 받아들이는 법을 배운다. 부풀린 자의식에만 갇히지 않고 넓은 세계로 나와 객관적인 눈을 기를 수 있다. 다른 사람들과 협력하면서, 혹은 대립할지라도 같이 성장할 수 있다. "으이그, 집에서 놀면 뭐해? 이렇게 나와서 뭐라도 하는 게 좋지." 활기찬 할머니들처럼 오래 일하면서 나이 먹어가고 싶다.

가장 좋은 나이 91세

타샤 튜더에 대한 내 인상은 '옛날 사람' 이상은 아니었다. 자신이 그리는 동화 삽화의 배경 같은 농장에서 자급자족하는 목가적 삶. 아름답긴 하지만 이 복잡한 21세기의 서울을 살아가는 사람에게는 "나는 자연인이다"만큼이나 멀리 있었다. OTT 서비스에서 그에 관한 다큐멘터리를 찾아본 것은 예쁜 정원의 꽃들과 웰시코기들이 뛰노는 모습을 ASMR처럼 틀어놓으면 피곤한 눈과 마음이 쉴 수 있을 것 같아서였다.

사과꽃이 눈부신 정원의 안쪽 주방, 90대 여성이 주름진 손으로 천천히 반죽한 빵을 무쇠 스토브에 굽는다. 다큐에서는 상상한 것과 같은 전원의 그림이 펼쳐지지만, 튜더의 삶은 예상을 뛰어넘는 이야기를 품고 있었다. "이 삶은 16살 때부터 쓰던 거예요. 남자애들에게도 절대 빌려주지 않왔죠." 미국의 소박한 농가 출신일 것 같던 튜더는 20세기 초 보스턴 명문가 자제였고, 집안에서 기대하던 사교계 데 뷔를 거부했다. 부모의 이혼 이후에는 친지 가족의 농장에 서 사는 삶을 선택하며, 15살 때부터 학교를 그만두고 본격 적으로 소를 키우며 산다. 고집스럽게 자기 시대의 방식을 고수한다기보다 자신의 동시대 보편적인 삶과도 불화했던 사람인 셈이다. "나는 내가 살고 싶은 대로 살아왔고 매 순 간을 충실하게 즐겼어요. 사람들은 다른 방식을 충고해주었 죠. 그럼 '알겠어, 알겠어' 답하고 다시 제가 하고 싶은 대로 살았어요."

튜더의 삶은 계속 자신이 원하는 삶과 일을 선택하고 실현하는 과정으로 채워진다. 그의 커리어는 그리 동화적이 지 않다. 그림은 여유로운 취미생활이 아니라 생활력이 없 었던 남편 그리고 아이 넷을 먹여 살리기 위한 생계 수단이 었으며, 처음 포트폴리오를 갖고 뉴욕의 출판사들을 찾아다 닐 때는 모욕적인 평가를 받기도 했다. 하지만 그는 꾸준히 그려나간다. 다큐멘터리에 등장하는 집 역시 사계절이 뚜렷 한 버몬트 주에서 뜰을 가꾸며 살고 싶다는 수십 년 전부터 의 결심을 실현시킨 것이다. 원하는 구조는 튜더가 상세하 게 그림으로 그리고, 큰아들 세스가 직접 지었다. 30여 년간의 인세 수입으로 모은 돈으로 사들인 30만 평의 대지에. 그리고 거기에 30년 넘게 정원을 가꾼다.

정원이 하루아침에 생겨나지 않듯 인생도 마찬가지다. 바라는 삶을 상상하고 좋아하는 것들을 곁에 하나씩 늘려가며 그 관계의 기억을 자기 삶으로 만들어온 사람이기에 튜더는 91세에 "지금이 내 인생에서 가장 행복해"라고 말할 수 있을 거다. 튜더의 정원은 아름답지만 스스로 번 돈으로 토대를 만들어 자신이 설계한 그림을 현실로 만들고 그 속에서 온전히 자기 힘으로 살고 있기에, 그저 주어진 천국이 아니라 쟁취해낸 낙원이다. 게다가 그가 구축한 세계의 한 점마다 스스로의 정직한 노동이 닿아 있다는 점에서 완전하다 (호숫가에 통나무집을 짓고 살며 세속을 떠났던 『월든』의 헨리 데이비드 소로우도 실은 2km 떨어진 본가를 오가며 빨래며 음식을 해결했다고 하지 않던가). 할머니가 되었을 때 내가 살고 싶은 모습이 여기에 있었다.

다시 태어나면 어떻게 살고 싶냐는 질문에 튜더는 답한다. "다시 태어나고 싶지 않아. 난 이미 내가 살고 싶은 대로 살았어." 나는 오직 자신을 위해 자기 삶을 완전연소하는 이런 여성들의 이야기를 더 많이 보고 싶다.

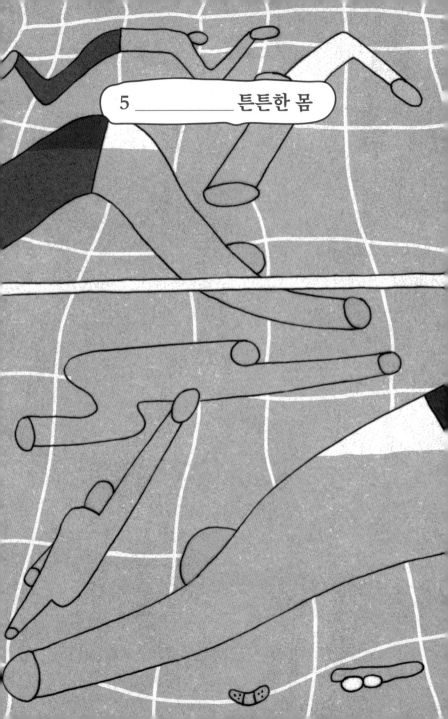

5 _____ 튼튼한 몸

몸 바치지 말기, 갈아넣지 않기

잡지사에 다닐 땐 어느 매체의 누가 아프다는 소식을 자주 들었다. 언제나 업계의 누군가는 대상포진으로 입원해 있고 신장염이나 급성위염 등으로 응급실에 실려 갔으며 허리 디스크나 목 디스크로 치료를 받고 있는 선후배는 부서 안에서도 여럿이었다. 소용돌이의 한가운데 있을 때는 몰랐지만 한발 벗어나 돌아보니 그렇게 일하면서 어디가 아프지 않은 것도 신기한 일이었다. 한 달에 열흘은 야근, 한 번 또는 두 번의 주말은 무조건 출근, 막바지 마감의 2~3일은 새벽 서너 시에 퇴근하거나 철야를 하는 날도 적지 않았다. 해외출 장도 잦은 데다 돌아오면 시차적응을 할 새도 없이 마감이 돌아왔다. 즐겁고 멋진 취재의 성취감, 멋진 동료들과 일하는 기쁨 이면에는 일과 생활을 완전히 분리하기 어려운 긴장이 늘 도사리고 있었다. 실수하면 큰일 나는 연예인이나 아티스트 인터뷰, 소속사 매니저와의 요구사항 대립, 여러 스태프들과 협업 과정의 의견 조율이 수시로 신경줄을 조였다. 마감이 끝나면 달콤한 대체 휴가가 주어졌지만 몸과 마음이 진짜 쉬는 것처럼 쉬는 날은 한 달에 많지 않았다. 책이 나오고 나서도 기사에 오탈자나 잘못된 팩트가 있지 않을까 한동안 신경이 곤두서 있었기 때문이다. 그게 뭐가 이상한지도 몰랐다. 주변 사람들도 다들 그렇게 살고 있었으니까.

　　요즘 후배들을 만나 보면 주 52시간 근무제 도입 이후로 잡지사 마감 문화도 점점 개선되고 있다고 하니 다행이다. 일과 생활 사이의 밸런스를 현명하게 찾아가는 에디터들도 많다. 나는 좋아하던 잡지 일을 그만두어야겠다고 결정 내렸던 과정을 또렷하게 기억한다. 새벽까지 마감이 이어지던 언젠가, 20대에도 30대에도 이렇게 살았지만 40대의 내가 이 생활을 버틸 수 있을지 자신이 없어진 때였다. 또래 가운데서는 체력이 좋은 편이고, 10년 이상 꾸준히 운동을 하면서 감기에 잘 걸리지 않는 사람이 되었음에도 건강에 대한 위기감을 느꼈다. 업계에서 유독 열정적으로 일하는 편이라고 말할 수도 없었지만 새벽에 빈 회의실을 찾아 소파에서 졸며 쉬고, 다시 나와 원고를 쓰거나 디자인 수정을 하던 기간엔 정수리부터 목까지 불쾌하게 찌릿한 통증이

나 어지러움을 느꼈다. 그럴 땐 '몸을 갈아 넣는다'는 표현이 저절로 떠올랐다.

강한 노동 강도, 집약적인 근무 환경으로 지탱되는 산업이 아마 패션 매거진 업계만은 아닐 것이다. "푹 쉬고, 잠 많이 주무시고 스트레스 받지 마세요." 어디가 아파서든 병원에 찾아가면 의사들이 기본적으로 지키라는 수칙들이다. 이게 되려면 회사부터 그만둬야 할 사람들이 적지 않을 거다. 내 경우 수술 받아야 할 만성 질환을 미루고 미루다 회사를 그만두고 이직을 앞둔 한 달 사이에야 간신히 입원할 짬을 냈으니 바쁜 데 보태서 미련한 사람이기도 했다. 지나고 보니 그렇게 일했다는 걸 누가 알아주지도 않고, 알아줘봐야 그런 인정받는 데서 내가 찾는 의미도 오래가지 않는다. 아픈 몸이야말로 금방 돌아오지 않을 뿐.

40대 이후로 어느 분야건 두각을 나타내는 사람들에게서 보이는 공통점은 명석함이나 인덕, 네트워크 같은 요소들 외에 체력인 경우가 많다. 그럴 때 체력은 재능과 운에 성실함까지 결합된 결과물이다. 어느 정도는 타고나야 하고 운이 좋아야 유지되는데, 그것만 믿어서도 안 되기 때문이다. 나이를 먹는다는 건 열심히 노를 저어야 간신히 제자리를 유지하는 물살에 떠 있는 배 같은 것이라, 스스로를 잘 관리해서 나빠지지 않도록 만드는 일 정도도 보통 노력으로는 불가능하다.

열심히 운동하고 신경 써서 잘 챙겨 먹으면 평생 건강할까? 그렇지도 않다는 게 삶의 아이러니다. 어딘가 아픈 사람에게 "그러게 평소에 좀 잘 관리하지 그랬어"라고 말하는 것만큼 무신경하고 잔인한 말도 없다. 스스로의 잘못으로 질병이나 통증이 생기는 건 아니니까. '건강을 잃으면 모든 걸 잃는 것이다'라는 식의 극단적인 이야기에도 동의하기 어렵다. 흠 없이 완전한 행복을 누리는 것만이 우리가 추구해야 할 목표가 아니고 그걸 이루지 못하면 의미 없는 삶도 아닌 것과 마찬가지다. 어딘가 조금씩 아프고 고장 난 채로도 잘 관리하며 살아가야 하는 것이, 그리고 그렇게도 잘 살아갈 수 있는 것이 보통 사람들의 중년 이후일 것이다. 다만 어딘가 아플 정도로 몸 바쳐 일하고 있다는 걸 훈장처럼 여기는 회사 문화 속에 있다면, 주변의 모두들 경쟁하듯 심신의 피로와 통증을 호소한다면, 건강을 관리하고 돌볼 여유가 없을 정도로 일의 압박이 심한 상태 속에 있다면 스스로를 위해 멈추고 어디가 잘못되었는지 돌아봐야 한다.

프리랜서 생활을 하며 내가 가장 만족하며 누리는 건 시간이다. 안정된 연봉과 회사의 네임 밸류 대신 다른 가치에서 의미를 찾는다. 외출할 시간도 없어 사무실에서 시켜 먹으며 스트레스를 풀던 자극적인 배달 음식 대신 스스로 요리해 먹을 수 있는 여유, 카페인을 들이부으며 일하는 대신 충분히 잠을 잘 수 있는 시간, 몇 가지 다른 운동을 배우고 훈련할 수 있는 일상이 소중하다. 다시 어딘가 회사에 들어가게 될지 모르겠지만 그때 결정의 기준도 마음속에 명확히 가지고 있다. 회사에 다니면 운동 교습을 받을 수 있는 금전적 여유가 생기겠지만, 트레이너와 약속을 할 수 없을 정도로 바쁘거나 업무가 불규칙한 직장은 다니지 않겠다는 것이다. 우리가 평생 거쳐 갈 직장은 몇 군데가 될지 모르고 일을 쉬게 될 기간도 종종 찾아오겠지만, 사용할 수 있는 몸뚱이는 내내 단 하나뿐이다. 회사보다 소중한 나라는 1인 기업의, 잘 돌보고 관리해야 할 소중한 자산이다.

저축하듯 근육을 모은다

'상쾌한 아침'보다 더한 형용모순은 없었다. 간신히 몸을 일으켜 출근길 지하철에 몸을 실으면 숨이 턱턱 막혀왔다. 식은땀을 흘리다가 눈앞이 하얗게 변한 채로 주저앉곤 하는 증상의 이름이 미주신경성 실신이라는 것도 모른 채, 20대의 여름이면 가끔 이런 날을 겪었다. 또 언젠가는 정형외과 물리치료실의 커튼 안에서 친구의 전화를 받다가 엉엉 울었다. 옷을 갈아입느라 팔을 뻗었을 뿐인데 어깨를 삐끗한 후로 사소한 일상의 움직임도 고통스러웠다. 회전근개 건증과 부분 파열 진단을 내린 의사는 건조하게 '퇴행'과 '노화'라는 단어들을 언급했다. 피부 노화 외에는 아직 먼 일인 줄 알던 30대 초반의 어느 날이었다. 컨디션이 바닥을 길 때 내 미래도 깜깜하게만 보였고, 어깨 통증은 억울함이나 외로움의 감정과 함께 왔다. 예전의 나처럼 몸이 힘들어서 마음까지 약해진 누군가가 있다면 말해주고 싶다. 운동을, 특히 근력운동을 시작하기에 아주 적절한 때라고.

이런저런 몸의 고장을 겪으며 운동을 어떻게 할 것인가에 앞서 왜 하는가에 대한 생각을 바꾸게 되었다. 살을 빼기 위해서나 하는 것인 줄 알았던 운동은, 실은 살기 위해서 해야 하는 것이었다. 날씬한 몸이 보상처럼 따라오기도 하지만 그럴 바에는 식이 조절에 노력을 들이는 편이 효과적이다. 면과 빵과 밥에 대한 사랑을 멈출 길이 없으며 맥주는 어른의 탄산음료라 믿는 나는 먹고 마시는 즐거움을 포기하지 않았고, 운동을 하면서 식욕이 따라 좋아져서 몸이 커졌다. 식단일기를 적어가면 트레이너에게 지적받았지만 바뀌지 않았고 바꾸기 싫을 바에야 스스로를 긍정했다. '몸집이 커도 좋다, 건강하게만 늙어다오'라고 할까. 음식도 운동도 삶의 활력을 얻는 방식이라는 프레임으로 바라보면서 스트레스 대신 에너지의 총량이 꾸준히 늘어났다.

부익부 빈익빈은 체력에 대해서도 적용되는 얘기다. 꾸준히 운동할수록 일상생활에서, 그리고 운동 자체를 할 때도 피로를 덜 느끼게 된다. 체력을 키우겠다고 운동을 하는데, 운동을 하고 나면 더 피곤해져서 이게 과연 건강의 길인지 골병이 드는 길인지 의심스럽다는 얘기를 친구들에게 많이 들었다 '운동—휴식—피로 회복—운동'의 안정적인 사이클에 올라서기까지는 적응 시간이 걸리는데, 절대적으로 근육량이 부족한 경우 피로회복이 오래 걸리는 것이다. 잠이 부족하고 제대로 쉴 여유가 없다면, 건강을 위해 먼저 해야 할 것은 운동보다 잘 먹고 수면 시간을 늘리는 일이다.

처음 시작하는 사람일수록, 몇 달 동안은 전문 트레이너에게 일대일로 배우는 시기를 거치기를 권한다. 바른 자세와 정확한 동작, 다양한 기기와 도구들을 이용하는 방법, 섭식과 영양, 칭찬을 통한 동기 부여까지 여러 가지를 집중적으로 얻을 수 있다. 비용이나 시간의 문제로 언젠가부터는 혼자 운동을 해나갈 수밖에 없는데, 트레이너에게 얻은 기초지식이 두고두고 도움이 된다. 물론 강압적이지 않고 성실하며 자신과 잘 맞는 트레이너를 만나는 일에도 시행착오가 필요하다.

유튜브나 인스타그램에 부위별로 단련할 수 있게 운동 영상이 넘쳐나는 요즘은 마음만 먹으면 '홈트'가 어렵지 않다. 하지만 이런 채널들을 구독 신청하는 것만으로도 할 일을 다 한 듯 만족하게 되는 부작용도 있다. 기본적으로 운동은 귀찮은 일이기도 하지만, 레티나 디스플레이 속 멋진 몸을 가진 사람들을 보고 있을수록 나와 먼 존재, 불가능한 성취로 느껴지기 쉽다. 남들은 매끄럽게 완성되어 있는 것처럼 보이지만 나의 매일은 덜컹대는 과정이다. 이럴 때는 차라리 모니터를 끄고서 국민체조라도 한 번 하는 편이 낫다.

배워서 남 주냐는 말이 있는데 운동이야말로 철저히 나를 위하는 일이다. 아름다운 몸을 가진 누군가와 비교할 이유도, 실력이 뛰어난 누군가에게 주눅들 필요도 없다. 어제의 나, 혹은 1년 전의 나보다 조금 기운차고 힘이 세졌다면 스스로를 충분히 칭찬해줘야 한다. 간단한 스트레칭, 맨손체조, 열 번 한 세트로 시작해서 조금씩 늘려가는 스쿼트, 5분 달리기…. 별것 아니어 보이지만 가만히 누워 아무 것도 안 하는 것보다 확실히 낫다. 너무 장수할까봐 걱정인 시대를 살고 있는 우리에게는 아주 가늘고 길게 운동할 수 있는 지구력이 필요하다.

동거인의 어머니 이옥선 여사님은 운동하는 선배 세대가 거의 없는 나에게 멘토인 분이다. 병약한 젊은 날을 보낸 뒤 40대 이후에 운동을 시작해 70대인 지금은 인생 최고치의 체력을 누리고 계신다. "느그, 늙으면 자신감이 어디서 나오는지 아나? 체력이다." 돈을 모으는 것만큼이나 중요한 노후 대비는 근육을 모으는 일이다.

글쓰기와 달리기의 공통점

글을 쓰며 달리기를 하는 작가들이 적지 않다. 긴 시간 앉아서 쓰는 데 필요한 체력을 얻기 위한 운동으로 러닝은 여러 면에서 매력적이다. 무엇보다 대단한 준비물이 필요하지 않고 혼자 할 수 있다는 점에서 그렇다. 달리기도 한 걸음씩, 글쓰기도 한 단어씩 성실하게 또박또박 해나가야 하는 일이라는 점이 절망적으로 닮기도 했다. 이 분야에는 무라카미 하루키라는 진부하고도 벗어날 수 없는 끝판왕이 존재하는데 글쓰기로도 달리기로도 하루키만큼 성공한 사람은 드물고, 그만큼 성실할 수 있는 사람도 흔치 않다.

하프 마라톤을 세 번째로 완주하고 나서 4개월 뒤에 11km 달리기 대회에 나갔다. 부담 없는 목표로 여겨졌는데 막상 달려보니 그렇지도 않았다. 늦더위와 많은 약속과 업무 스트레스 같은 걸 핑계로 연습에 소홀했기 때문이다. 뛰지 않을 핑계는 언제나 뛰어야 할 이유보다 훨씬 많다. 하루키의 러닝 에세이이자 회고록인 『달리기를 말할 때 내가 하고 싶은 이야기』(문학사상사, 2009, 이하 『달리기를 말할 때』)에도 그런 구절이 나온다. 내가 달리기를 시작한 뒤로는 이 책의 어디를 펼쳐서 다시 읽어도 진실을 꿰뚫지 않는 페이지가 없었다.

하루키의 소설보다는 수필을 늘 좋아했다. 잘 쓴 문장은 기본이라 치면 에세이의 매력은, 작가의 캐릭터에서 나온다. 살아가는 방식 자체가 흥미롭거나 별다르지 않은 일상이라도 바라보는 시선이 참신하거나 하는 면 말이다. 세일러복을 입은 연필, 빌리 와일더의 영화와 윈튼 켈리의 음악에 대해 쓸 때의 하루키는 세련된 취향을 갖고 있다. 20대 내내 재즈 바를 운영하다가 야구장 외야에서 공이 날아가는 걸 보고 갑자기 소설을 쓰기로 결심했다던가 하는 에피소드는 비현실적으로 산뜻하다. 그렇긴 한데 나는 갈수록 취향보다는 행위가 그 사람에 대해 말해준다고 믿게 된다. 행동이 그 주체에 대해 들려주는 이야기에 흥미를 느낀다. 무엇을 좋아하는가보다는 매일 무엇을 하며 살아가는가 말이다. 하루키는 워낙 자기 취향이 뚜렷한 사람이라 그를 떠올릴 때면 미국 아이비리그 대학의 스웨트 셔츠를 입고 레이밴을 쓴 이미지가 먼저 떠오르지만, 『달리기를 말할 때』는 그 셔츠를 '피 땀 눈물'로 적시는 행위에 대한 이야기다.

　잘 알려진 여러 권의 책을 낸 작가가 운동하는 사람으로서 의미를 두는 정체성이 현란한 개인기를 가진 축구 선수가 아니라 우직하고 튼튼한 러너라는 사실은 평범한 사람에게 조금 위안이 된다. 책에서는 글쓰기의 형이하학적이고 육체노동적인 면모가, 달리기와 교차해서 펼쳐진다. 아침마다 운동화 끈을 묶고 길로 나가 자신의 내면에 집중해서 일정 시간을 견뎌내고 매일의 습관으로 몸에 익히는 이 일이 글쓰기의 체력적 바탕이 되어줄 뿐 아니라 장편소설 쓰기와 많은 부분 닮았다는 것이다. 매일 10km를 뛰며 스물 몇 번째의 풀코스 마라톤 완주를 이뤄내는 성실함의 기록이지만 이 책이 밝은 성공담이나 활기찬 운동 전도서는 아니다. 러너로서의 쇠락, 목표에 미치지 못하는 좌절, 완주하고 나서의 허무와 우울까지도 그늘처럼 드리워 있다.

　『달리기를 말할 때』는 자신의 묘비에 써넣고 싶은 문구로 끝난다. "무라카미 하루키/ 작가(그리고 러너)/ 1949~20**/ 적어도 끝까지 걷지는 않았다." 100km를 하루에 뛰는 울트라 마라톤에 나가 하루키는 크루즈 컨트롤을 작동시킨 자동차처럼 무념무상의 상태에 접어드는데, 마침내 완주를 하지만 그 이후로 기록이 하락세에 접어든다. 하지만 뛰는 걸 멈추지 않는다. 다시 목표를 정하고, 한발 한발 내딛는 발걸음에 집중하고, 지나가는 풍경을 눈에 담으며 앞으로 나아간다. 오직 자신의 두 다리를 믿으며. 소설가로서의 하루키보다는 수필가로서의 하루키를 좋아한다. 그리고 러너로서의 하루키는 존경한다.

수영장이라는 사회

모든 것은 퇴사로부터 시작되었다. 수영을 배우고 싶다는 마음은 십수 년 동안 갖고 있었지만 회사를 다니는 동안은 도저히 규칙적으로 시간을 낼 수가 없었다. 진짜 좋아하는 일은 시간이 많아서가 아니라 시간을 만들어서 하는 거라지만, 아직 시작도 못 해본 뭔가를 좋아하게 될지 어쩔지는 알 수 없는 일이었다. 회사원이라는 공, 그리고 수영 수강생이라는 공을 둘 다 놓치지 않고 잘 저글링하는 사람들은 새벽 6시 수업 후 덜 마른 머리로 출근하기도 하던데 아침잠이 많은 나로서는 그런 뒤 하루의 능률을 장담할 수 없었다. 회사를 그만둔 건 겨울이었는데, 물에 들어간다는 상상만으로도 오한이 드는 시기가 지나기를 기다려 수업에 등록했다. 첫 등록은 수영을 배우는 동안 가장 어려운 관문이다. 기존의 수강생들 재등록을 먼저 받은 다음에 남은 인원만큼만 신규 수강으로 채우기 때문에 아침 일찍 대기표를 나눠 받고 순서를 기다려야 한다. 4월 말의 어느 날, 문화센터 로비에 앉아 잠깐 졸다가 오늘 이후로는 새벽에 일어나지 않아도 된다는 사실에 다행스러워 하며 저녁반 등록에 성공했다. 내 목표는 분명했다. 근사한 팔의 궤적을 그리며 멋지게 접영하는 사람이 되는 것.

수영을 배운다고 하자 주변 사람들의 반응은 비슷했다. "살 빼는 데는 별로 도움이 안 된대. 체온을 유지하기 위해서 몸이 지방층을 더 두껍게 만든다던데? 여자 수영 강사들 몸매 보면 체격이 좋잖아." "수영장 물이 그렇게 더럽다며? 난 그거 생각하면 도저히 못 들어가겠어. 머릿결이랑 피부도 망가지고." 물안경 너머로 수영장 바닥에 떠다니는 밴드 조각이며 누군가의 발톱에서 떨어져나간 젤 네일을 발견할 때나 수업을 마친 늦은 밤에 격렬한 허기를 느끼며 든든한 식사를 해버릴 때면 문득 이런 이야기가 떠오르곤 했다. 틀린 말들은 아니지만 내겐 신기하기도 했다. 운동에 대해 말하면서 몸을 움직일 때의 감각과 즐거움, 뭔가 할 수 있게 된다는 재미와 성취감보다 오직 그 결과로 보이는 외모에 대한 계산 또는 걱정이 앞선다는 것이 말이다. 운동하는 나 위에, 마치 유체이탈을 해서 운동하는 자신을 바라보는 시선이 한

겹 더 존재하는 것처럼.

　내 몸을 바라보는 시선이 온전히 내 것이 아닐 때처럼 불편할 때가 있다. 패션 매거진이나 TV 음악방송을 너무 오래 보다 보면, 그 매끄러운 화면 속 젊고 빛나는 몸들이 세상의 표준처럼 여겨질 때가 그렇다. 하지만 수영장에서 다양한 연령대 여성들의 다양한 몸을 만나니 그것만으로도 좀 편안해지는 기분이 들었다. 수영장이라는 세계 속에 있다 보면 몸이란 울퉁불퉁하거나 각져 있고, 주름지고 불균형한 게 당연하고 자연스럽다. 누군가는 상체가, 누군가는 하체가 한참 더 크며 살이 찐 사람도 마른 사람도 있다. 어떤 남자들은 젖가슴이 늘어진 채로 아무렇지 않게 상반신을 드러내고, 어떤 여자들은 거의 편평하게 납작한 가슴에도 악착같이 패드를 착용한다. 수영복만 입은 여러 남녀의 몸을 오래 보다 보면 두 성별 사이의 체형 차이보다는 개인차가 더 유의미하게 느껴진다.

　확연하게 남녀를 나누는 건 털이다. 아니, 털을 관리하는 방식이라고 해야 정확하겠다. 여성들은 드러나는 부위 어디에도 터럭 한 올 없이 매끈하게 관리하는데, 남자들은 무심하게 겨드랑이, 가슴 한가운데, 젖꼭지 주변이며 발가락 위, 팔과 다리의 무성한 털들을 내놓고 다닌다. 몸의 털이

흉하고 야만적이거나 비위생적이라면 왜 한쪽 성별만 열심히 제모를 하는 걸까. 나는 가끔 다리털을 밀지 않은 채 수영장에 가는 것으로 내 방식의 소심한 반항을 감행한다.

수영장은 일상 속에서 내가 타인에게 가장 많이 몸을 드러내는 공간인데도, 아이러니하게 가장 내 몸매에 대해 신경 쓰지 않는 곳이 되어갔다. 깨끗하게 땀을 씻어낸 다음 물에 몸을 띄울 때면 내가 남들 눈에 어떻게 보일까 하는 걱정은 완전히 사라졌다. 저마다 다른 나의 몸도 타인들의 몸도 완전히 감싸주고 그 안에서 움직이도록 허락하기 때문일까, 수영장을 채운 물은 분명 차가운데도 이상하게 포근했다. 배가 나오고 통통한 할머니가 최소한의 몸짓으로 민첩하게 호흡하며 자유형 동작을 하는 걸 볼 때 나는 둔하다거나 날렵하다는 말을 얼마나 관습적으로 써왔는지 반성하게 되었다. 수영장은 육지에서의 내가 의식도 못한 채 붙들려 살아가던 시선이라는 중력을 신기한 방식으로 거슬렀다.

'내 운동'이라고 생각하며 오래 해온 건 달리기였다. 러닝화 한 켤레와 아무 운동복이면 충분하고, 언제 어디서든 혼자 간편하게 할 수 있는 운동이라 생활은 불규칙한데 성격은 충동적인 사람들에게 잘 맞는다. 그런데 발가락을 담그고 보니 수영의 세계는 달리기와 반대 지점에 있었다. 말리부의 개인 저택에 딸린 수영장을 가진 부자가 아닌 이상 집 근처의 수영장 시설까지 일부러 찾아가야 한다. 수영복과 수영모, 물안경, 세면도구와 수건 가운데 하나라도 빠뜨리면 곤란해진다. 정해진 시간과 이용 규칙을 지키며 안전요원, 강사의 지시에 따라 움직여야 한다. 내 일정이나 기분에 따라 두 시간을 달릴 수도, 10분만 뛰고 멈춰 돌아올 수도 있는 러닝과 달리 수영은 꼬박꼬박 일정한 시간을 도려낸 듯 가져간다. 집 문 밖을 나서는 순간부터 운동이 시작된다는 점은 달리기의 얼마나 훌륭한 미덕인지. 수영은 50분의 수업 전에 거기까지 가서 몸을 씻는 시간에 이미 50분쯤 소요되며 마치고 나서 다시 씻고 머리를 말린 뒤 집에 돌아오면 한 시간이 더 흘러 있다. 하루 꼬박 3시간 정도를 운동을 위해 사용하는 셈이니 회사를 다니면서 엄두를 내지 않았던 건 역시 현명한 선택이었다.

뛰면서는 넓은 공원이나 한강변을 독차지한 기분을 느낄 수도 있지만 수영을 하면서는 언제나 시설을 함께 사용하는 사람들의 인구밀도를 견뎌야 하고, 공간을 나눠 쓰는 서로를 배려해야 한다. 한번은 꽤 일찍 도착해서 샤워와 준비를 마쳤기에 쉬는 시간 동안 미리 연습이나 하려고 했더니 안전요원에게 제지를 당했다. 아직 앞 시간 수업을 마친 어린이들이 풀에 남아 있어서 안 된다는 이유였다. 그 뒤로는 종달새처럼 재잘대는 꼬마 회원들이 모두 샤워실로 이동할 때까지 계단에서 천천히 기다린다. 달리기가 자유이며 맨몸이고 혼자라면, 수영은 규율이자 복장이고 사회다. 수영을 시작한 지 석 달이 넘었지만 옆 레인에서 오리발을 단 상급자들이 지나가면서 촤 촤 뿌리는 물벼락은 여전히 초급반인 내 처지를 겸허히 일깨웠다. "저분들은 몇 달이나 배우신 거예요?" 경기 때의 선수처럼 입수 잠영 연습을 하는 건너편 레인 사람들을 가리키며 강사에게 물었다. "글쎄요. 작년 초부터? 1년 넘게 계속하신 분들일걸요?" 최소 1년. 수영장이라는 사회의 구성원이 되기 위해서는 호흡과 발차기 말고도 인내와 성실함을 함께 배워야 한다.

아무도 이기려 하지 않고 슬렁슬렁

누구에게나 인생의 로망이 있다. 친구 하나는 모스크바에 머무르며 매일 3등석 표를 사서 발레 공연을 보고 싶어 하고, 다른 친구는 고양이들까지 데리고 몰타에 가서 1년 동안 살아보는 게 꿈이라 했다. 내 경우는 익숙한 서울 풍경 속에서 3개월쯤 운동만 하고 싶었다. 투어와 투어 사이에 런던 하이드파크를 조깅하다가 후줄근한 차림으로 파파라치 사진에 찍히는 마돈나처럼, 운동 외에는 세상만사 다 하찮다는 듯이 말이다. 20년의 회사생활을 마치고 프리랜서가 되면서 난생처음 스스로에게 그런 시간을 허락하자는 생각으로 한동안 여러 가지 운동을 실컷 해보며 지냈다. 일주일에 한두 번의 PT, 혼자 하는 웨이트 트레이닝, 필라테스, 요가, 그리고 오래 별러왔던 수영까지. 물론 나는 마돈나가 아니니까 운동 외에도 해야 할 일이 많았지만 회사에 다닐 때와 비교

하면 그야말로 시간 재벌이었다. 시간이 그저 많다는 게 아니라 정확히 내가 원하는 방식으로 사용한다는 점이 호사스러우면서도 충만한 기분을 주었다. 하루 두 시간을 운동에 쓰면서 나는 멋있는 몸 대신 식단 조절을 병행하지 않으면 운동만으로 다이어트 효과를 얻을 수 없다는 배움을 얻었다. 그리고 다른 소득은 바로 자신에 대한 깨달음이었다.

세상에 나쁜 운동은 없다. 다만 신체의 어느 부위를 주로 사용하는가, 심폐 기능과 근력 중 어느 쪽이 요구되나, 집중력을 얼마나 지속해야 하는가, 어떤 리듬으로 동작이 진행되는가 등등에 따라 더 재미있거나 덜 재미있게 느껴질 뿐이다. 개개인의 체력이나 몸 상태에 따라 잘할 수 있거나 건강에 효과를 보이는 종목도 각자 다를 것이다. 저마다 '나랑 잘 맞는다'는 운동의 발견은 이런 과정의 반복과 강화에서 온다. 내 경우 재미가 크거나 작거나 무엇을 배우더라도 선생님들에게 듣게 되는 말이 비슷했다. "회원님, 뭐가 그렇게 급해요? 체력은 좋은데 급해서 자세가 망가지는 게 문제예요. 빨리 가려고만 하지 말고 동작을 정확하게 하는 데 집중하세요." 여유롭게 운동에만 집중하는 날들 속에도 몸은 여전히, 매달 빨리빨리를 외치며 일해온 20년의 시간에 길들여져 있었다.

운동이 나에게 길러준 건 근력이나 지구력 외에 '결국

해내는 나'에 대한 자부심이기도 했다. 요가 시간에 모든 동작을 다, 그것도 클래스 중에 유일하게 해내는 나! 코어가 튼튼해서 브이 자로 다리를 들어 올려도 금방 무너지지 않는 나에 대한 만족은 얼마나 큰 쾌감이었던가. 그러나 수영을 시작하면서 '운동하는 나'의 자아는 급격히 쪼그라들었다. 내 이상은 어깨를 휘젓는 접영이되 현실은 킥판을 붙잡고 동동대는 발차기였으니까. 게다가 마음만 급해서 자세가 쉽게 망가지는 성격은 그 어떤 운동보다 수영을 할 때 가장 큰 걸림돌이 되었다. 개구리가 쪼그려 앉듯 엉덩이 뒤로 발뒤꿈치를 붙였다가 무릎을 뻗으며 발을 접어 와야 하는데, 그럴 때마다 상체까지 기우뚱대며 앞으로 나아가질 않았다. 자유형과 배영에서는 타고난 하체 추진력으로 빠른 속도를 얻었지만 자세가 거의 전부인 평영에 접어들면서 인정할 수밖에 없었다. 내가 수영 열등생이라니, 이건 내 로망 속에 없던 일이었다.

동거인의 어머니인 이옥선 여사님께서 우리 집을 방문하셨다. 저녁 식사를 하고 이런저런 이야기를 나누던 우리는 소화를 위해 몸을 슬쩍슬쩍 움직이다가 갑자기 거실 바닥에 앉아 요가를 시작했다. 생활체육인들끼리의 단란한 화합의 장이었지만, 영화 같은 데서 나오는 가벼운 무술 대련 분위기와 비슷하기도 했다. 스승과 제자가 나무로 된 칼을 부딪치며 검술을 연습하는 장면 말이다. 그리고 이런 영화의 마지막은 항상 상대의 칼을 날려버리고 목을 겨누며 끝나곤 한다. "이런 애송이 녀석! 넌 아직 멀었다."

배를 천장으로 향하게 몸으로 아치를 만드는 우르드바다누라아사나 동작을 가르쳐주면서 어머니는 말씀하셨다. "선우 너 제법 소질이 있구나!" "어머니, 저 그래도 요가는 2년 넘게 했는걸요." "아직 몸이 변할 때는 아니지. 무슨 운동이든 10년은 바라보고 해야 몸에 변화가 생기는 거야." 부끄러워진 3개월차 수영 올챙이 앞에서 20년차 요가 수련자가 덧붙였다. "누굴 이기려는 마음 대신 슬렁슬렁 해야 오래할 수가 있어."

누굴 이기려는 마음. 내가 운동을 하는 동력은 그것이었을까? 그래서 마음대로 성과가 나지 않는다는 이유만으로 혼자 지는 기분이 들었을까? 아무도 나와 승부를 겨룬 적이 없는데 멋대로 우월감에 도취되고 때론 또 열패감에 시달린다면, 그건 건강한 동력이 아니라 비뚤어진 호승심일 것이다. 시어도어 다이먼의 『배우는 법을 배우기』(민들레, 2017)라는 책에는 이런 구절이 나온다. "악기를 연주하거나 운동을 한다는 것은 단순히 어떤 동작을 익히거나 음계를 연주하는 법을 배우는 것이 아니다. 이는 자신의 부적절한 반응과 감정, 태도에서 자유로워지는 법, 다시 말해 자신의 여러 모습들을 배우는 것….” 내가 자유로워져야 하는 부적절한 태도가 무엇인지는 분명했다. 나는 이기고 지는 걸 떠나는 법, 잘하지 못하는 채로도 계속하는 법부터 배워야 했다. 한번은 수영 선생님에게 사정이 생겼는지 대타 강사가 왔다. 본 수업 대신에 자기 스타일로 진도를 나가면 곤란하니까 몇 가지 팁 위주로 알려주겠다면서 이런저런 기술을 시범 보인 다음 그가 말했다. “어차피 지금 제 얘기들은 여러분이 수업을 마치고 샴푸 하면서 같이 씻겨 나가겠지만요.” 정말 신기하게도 지금은 수업 내용이 죄다 희미해지고 저 말만 기억이 난다. 평영은 여전히 좀처럼 늘지 않고 접영은 아직 갈 길이 멀었다. 하지만 다행히 물에 몸을 담그는 포근한 즐거움, 시선이라는 중력으로부터 놓여나는 자유로움에는 몰입할 수 있다. 듣고 배우지만 씻겨 나가고, 느낌을 잡았다가 놓치고 다시 손에 넣는 시간들이 오래 쌓이면 뭔가가 될까. 10년쯤 내다보면 몸이 변할 수 있을까. 일하면서 내 몸에 습관을 길들인 20년의 시간은 확실히 그런 식이었던 것 같다. 운 좋게 수영을 계속할 수 있다면 70대쯤에는 멋진 접영 폼을 가진 할머니가 될지도 모른다. 아무도 이기려 하지 않고 슬렁슬렁.

생활과 체육이 공존할 때

나를 소개하는 말이 여럿 생겼다. 글 쓰는 일을 하며 책을 펴내는 작가, 잡지를 오래 만들어온 에디터, 인터뷰어, 고양이 세 마리의 반려인, 아마추어 리코더 연주자. 그중 내가 좋아하는 타이틀은 생활체육인이라는 것이다. 요가, 달리기, 웨이트 트레이닝 같은 운동을 번갈아서 하고 있으며 최근에는 자세를 정밀하게 교정하고 싶어 필라테스 개인 교습을 받는다. 테니스장에서 공이 라켓에 맞는 캉캉 소리를, 요가 수업 마지막 동작인 사바아사나 때 까무룩 빠져드는 짧은 잠을 사랑한다. 수영장의 염소 냄새를 좋아한다. 어린이들부터 80대까지 다채로운 나이대와 체형의 사람들이 모여서 운동을 하고, 실력도 모두 제각각인 그 다양성이 사랑스럽다. 어떤 사람은 어린이 풀에서 물장구치고 호흡하는 것부터 배우고, 어떤 사람은 오리발을 끼고서 아주 빠른 속도로 돌고래처럼 헤엄을 치면서 각자가 자신의 배움과 즐거움에 몰입해 있는 수영장 풍경을 세상 전체로 확장할 수 있다면 얼마나 아름다울까. 체육과 결합할 때 생활은 활기차고, 생활과 어우러져서 체육은 평화롭다.

요즘은 다르겠지만, 내가 성장할 때 여학생들에게 운동은 절대 권장되는 취미가 아니었다. 운동장에서 뛰어다니거나 옷에 흙을 묻히고 놀면 "여자답지 못하다"는 소리를 종종 듣기도 했다. 남녀공학인 경우에는 더하다. 자연스러운 성장 과정에서 가슴이 발달하게 되는데 몸을 움직이면 신체의 변화가 놀림거리가 됐다. 운동장 가운데를 차지하는 건 언제나 남학생들이라 그 속으로 들어갈 엄두가 안 났다. 그렇게 위축되는 시간, 주변을 맴도는 시간이 쌓여가면서 운동과 자연스럽게 멀어지게 됐다.

운동은 공부의 반대말이기도 했다. 학교에서 활동하던 운동부 친구들이 있었지만 그 친구들은 거꾸로 충분히 공부할 수 있는 기회가 없었다. 훈련을 위해 수업 시간에도 자리를 비우거나, 너무 고단해서 엎드려 자는 모습이었다. 그런 분위기 속에서 선입견이 생겼다. 운동은 소수의 소질 있는 친구들, 체대 입시를 선택한 친구들만 하는 것이고 평범한 학생들은 학업과는 병행할 수 없다는 식의 편견이 공고해졌다. 체력장 점수를 따고 내신 성적을 받기 위한 딱 그 이상의 운동은 불필요했다.

어깨를 다친 뒤에 부상을 치료할 목적으로 운동을 시작하며 내가 얼마나 몸에 대해 무지한 채로 살아왔는지 알게 됐다. 근육이 몸에서 어떤 역할을 하고 근력 운동이 왜 필요한지, 운동 뒤에는 왜 충분한 휴식을 취해야 하는지, 무조건 열량이 낮은 식사가 아니라 균형이 잘 갖춰진 식단을 지켜야 하는지 등등의 것들을 배웠다. 내 몸이 뭘 할 수 있는지 기능이나 역량에 초점을 맞춰서 바라보게 됐다. 그동안 몸에 대한 관심이 다른 쪽으로 치우쳐 있었다는 사실을 깨닫기도 했다. 몸이 중요하지 않은 적이 없었지만 유독 신경 쓰는 부분은 내 몸이 어떻게 보이는가, 몇 킬로그램이나 나가는가였다.

한국 사회에서 여성들은 다이어트에 대한 압박을 느끼는 경우가 많다. 대중문화 속에서 긍정적으로 재현되는 여성들의 몸은 대개 마르고 날씬하다. 선수가 아니지만 운동을 해서 성과를 거둔 사람들의 이야기는 '몸짱'이라는 스토리로 포장되기도 한다. 물론 운동의 결과로 멋있는 몸을 얻을 수도 있을 거다. 하지만 운동의 최고 목표가 마치 몸매를 가꾸는 일처럼 여겨지는 건 사실과도 다르고, 바람직한 일이 아니다. 단기간 동안 날씬해지기 위해서는 굶거나 약물에 의존하는 등 건강하지 못한 방법이 더 효과적일 수도 있으니까. 내가 운동으로 얻은 건 날씬한 몸매가 아니다. 오히려 날씬하거나 말거나 크게 상관이 없어지는 자유로운 감각이었다.

자동차를 세워놓고 보기만 할 때는 디자인과 색, 때가 묻지 않고 광이 나는 깨끗한 상태 같은 게 중요할지도 모른다. 하지만 자동차를 운전해서 멀리 여행을 다니면 이야기가 달라진다. 여행 자체의 즐거움에 빠지면 이걸 타고 어디를 가는지가 더 중요해지는 것이다. 나는 언제나 굵은 허벅지에 콤플렉스가 있었다. 그런데 자전거를 타다 보니 이 허벅지에서 폭발적인 힘이 나와 오르막길을 쉽게 올라갈 수 있다는 걸 알게 되었다. 어깨도 넓은 편인데 수영할 때 웨이브를 주기가 쉽다는 장점이 되었다. 운동을 하면서 내 허벅지가, 어깨가 아무렇지 않아지는 경험을 했다. 운동은 나 자신의 겉모습이 아니라 능력치를 보게 해줬고 운동을 하면서 내 몸이 편안해졌다. 10대 때부터 이런 경험을 조금씩 쌓을 수 있었다면 얼마나 좋았을까 싶다. 스스로 어딘가 잘못 생겨먹은 것처럼 늘 불편하고 어색하게 느끼던 그 시간을 조금 줄일 수 있었다면.

지금 내 주변에는 스스로 열심히 운동을 하는 여성들이 아주 많다. 필라테스, 암벽 등반, 주짓수 등의 수업에 기꺼이 비용을 지불하며 꾸준히 배운다. 대부분 30대 이후에 바뀐 생활 습관인데, 만약 이 친구들이 10대 때부터 다양한 운동을 해봤으면 어땠을까? 남의 시선을 의식하지 않고 몸을 쓰는 즐거움과 쾌감, 신체에 대한 긍정적 자기 인식을 일찍부터 키울 기회가 되었을 것 같다. 체력과 자신감을 바탕으로 공부든 다른 활동이든 더 활기차게 잘할 수 있었을 거다.

너무 멀고 대단한 목표를 바라볼 때 우리는 시작조차 못 하게 되는 경우가 많고, 운동도 마찬가지다. 스포츠는 유독 인간 승리 스토리를 사랑한다. 스타 플레이어들이 유한한 신체의 한계를 극복하고 뛰어넘는 이야기가 우리에게 감동을 주고 영감을 준다. 그런 이야기는 참 멋지지만, 스토리가 주는 쾌감에 빠져들수록 평범한 우리 자신은 운동과 점점 멀어지기도 한다. 스포츠의 '관람객'으로, 구경꾼으로 머무르게 되는 거다. 사실 대부분의 사람들은 대회 우승이나 신기록이나 인간 승리 같은 것과는 먼 인생을 산다. 대신 야근한 다음 날 눈꺼풀을 조금 덜 무겁게 만들 체력이, 주말에 내내 뻗어서 조는 대신 책 몇 페이지 읽을 수 있는 활력이, 조카를 안아 올릴 때 덜 휘청대게 만들어줄 코어 근육이 누구에게나 필요하다.

학교에서 이런 걸 배웠으면 좋았을 것이다. 다양한 운동을 경험해보기, 자기 성격이나 신체 특성과 잘 맞는 종목을 찾아서 평생 취미로 지속하기, 영양소 균형이 잘 잡힌 식사를 계획하고 간단한 식단 몇 가지를 익혀 직접 준비해보기, 바른 자세를 갖추고 건강한 신체 이미지에 대해 인식하기, 자기 몸의 기능과 상태에 대해 지속적으로 측정하고 자각하기 같은 것들. 어른이 되고 몸이 아파 보면서 잘 살기 위해 오래 걸려 터득해나간 기술들이다. 체육 수업 시간에 어릴 때부터 익힐 수 있었다면 몸과 마음의 건강을 유지하는 데 도움을 받았을 것 같다.

스포츠 안에는 빛나는 것들이 가득하다. 도전, 훈련, 신기록, 한계의 극복, 영광 같은 것들. 그래서 더욱, 나는 운동이 작고 사소해지면 좋겠다. 승리의 응원가가 울려 퍼지는 영광의 순간 대신 일상이, 배움이, 놀이가, 여가가, 작은 즐거움이 되기를 바란다. 모두가 선수가 되거나 몸짱이 될 필요 없이, 그런 압박감 없이 운동하면 좋겠다. 아무것도 이루지 못하더라도 매일 조금 더 기운내서 살 수 있다면, 생활의 에너지를 얻을 수 있다면 그 자체로 충분하다.

삶은 극적인 드라마가 아니고, 승부 없이 계속된다. 이

기고 지는 것과 상관없이 가장 중요한 상대인 자기 자신을
우리는 매일 마주해야 한다. 누구나 즐겁게 운동하는 생활
체육인이 되면 좋겠다. 빛나지 않더라도 꾸준하게.

껍데기에 머무르지 않을 자유

얼마 전, 예닐곱 명이 모여 함께 술을 마셨다. 어떤 행사를 기획하며 같이 일한 분(편의상 A 씨라 하자), 그리고 그 일에 연관된 사람들의 모임이었다. 테이블에 술병이 늘어갈수록 쓸데없는 말도 쌓이게 마련이다. 먼저 취한 A 씨가 대화의 맥락과 상관없이 불쑥 내 얼굴을 평가했다. "선우 씨는, 생각만큼 예쁘지가 않아~!" 덜 취했던 나는 웃으면서 대응했다. "아니 이만하면 예쁘지 뭘 더 어쩌란 말이에요? 우리 아빠 엄마는 내가 세상에서 제일 예쁘다 그랬다고요!" 농담으로 받아쳤지만, 취한 사람은 적당히를 모른다. "아니, 나는 더 예쁠 줄 알았다고(딸꾹)!" A 씨가 내게 기대한 '더 예쁨'은 뭐였을까. 패션 매거진 에디터로 오래 일했다고 하니까 〈악마는 프라다를 입는다〉 속의 여자들처럼 마른 몸, 세련되고 멋진 외모를 예상했는지 모르겠다. 하지만 내가 에밀리 블런

트나 앤 해서웨이처럼 안 생겼다는 이유로 사과를 해야 하나? A 씨는 나에 대해서 "오랜만에 일 잘하는 실장님이랑 손발을 맞추는 짜릿함이 있었어"라는 얘기도 했는데 그건 취하기 전이긴 했다. 내가 남자였다면 아마 거기서 그쳤을 텐데, 여자들은 종종 일을 잘하는 걸로는 충분하지 않은 듯한 취급을 받는다.

면전에서 안 예쁘다는 말을 들었지만 나는 불쾌하지 않았다. A 씨가 취했기도 하고, 나와 별 상관없는 사람의 외모 평가란 게 나에게 큰 의미가 없기 때문이다. 이건 분명 나이 먹으면서 생긴 긍정적인 변화다. 나는 40대고, 40년씩이나 한 얼굴을 보다 보면 꽤나 정이 든다. 어렸을 땐 불만도 많고 콤플렉스도 있던 얼굴이지만 오래 익숙해져 이제는 내 생김새에 대해 제법 편안해진 상태다. 더 예뻐지고 싶다거나, 예쁘다는 소리를 들으면 기분이 좋아지는 건 자연스러운 욕망이다. 하지만 20대 때의 나에게 예뻐지는 과정이란, 예쁘지 않은 현재의 나를 부분부분 토막 내서 인식하는 일이었으며, 어떻게 바꿔야 할지 신경을 곤두세우는 일이었다. 메이크업이나 다이어트에 시간과 노력을 들이지 않는 일은 게으른 자기 방치로 여겨지기도 했다. 얇은 입술이 맘에 들지 않아 앤젤리나 졸리처럼 도톰하게 만들어준다는 립글로스를

사서 발랐으며, 속눈썹 연장 시술 시기를 놓쳐 불안함을 느
낄 때도 있었다. 뻥튀기 같은 걸로 허기를 달래면서 살을 빼
느라 영양의 균형이 망가지기도 했다. 그렇게 46kg까지 체
중을 줄였지만, 신기하게도 행복하지 않았다. 이래도 나, 저
래도 나였다. 무슨 짓을 해도 내가 TV 속 미녀가 되는 일은
불가능한데, 언제까지 돈과 시간과 에너지를 투입해야 할
까? 나는 그냥 불완전한 외모인 채로도 기분 좋게 살아보기
로 했다. 완벽할 수 없는 목표를 향해 나를 몰아붙이는 대신
나의 돈과 시간과 에너지, 내가 가진 가용 자원을 더 좋아하
는 일에 사용하기로.

　　외모에 대한 인식이 가장 크게 달라진 건 꾸준히 운동
을 하면서였다. 체중이 몇 킬로그램인가보다 몇 킬로그램
짜리 바벨을 들고 데드리프트를 할 수 있는지가 더 중요해
졌고, 자전거를 멈추지 않고도 오르막을 오를 수 있는 힘의
원천인 내 두꺼운 허벅지가 사랑스러워졌다. 인생에서 가
장 말랐을 때는 기운도 의욕도 비실비실했는데, 살과 근육
이 붙어 몸이 더 커지면서 활력이 생겼다. 더 많은 일에서 적
극성과 근성을 발휘할 수 있었다. 사전에서 '몸'이라는 단어
를 찾아보면 이렇게 설명되어 있다. "사람이나 동물의 형상
을 이루는 전체, 또는 그것의 활동 기능이나 상태." 지금까

지 내 몸이 어떻게 기능을 수행하는지, 어떤 건강 상태에 있는지는 관심을 두지 않은 채 이상할 정도로 눈에 보이는 겉모습에만 치중해왔다는 걸 깨달았다. 이제 나는 못생겼다는 이야기보다 이런 평가를 받으면 속상할 것 같다. 일을 맡겼는데 준비가 엉망이었다거나, 글을 건성으로 형편없이 썼다거나, 약자에게 배려 없이 매몰차게 굴었다는 평가 같은 것. 내가 중요하게 여기는 가치, 스스로 자부심을 느끼는 덕목이 아마 이런 부분들이기 때문일 거다. 가깝고도 소중한 친구들, 내 글의 독자들, 나를 신뢰하며 함께 일하는 사람들에게 있어 나라는 존재는 품성이나 역량 면에서 다양한 강점의 복합체인 사람이다. 그건 내가 어찌하기 어려운 외양이 아니라, 20년 이상 성실하게 차근차근 쌓아온 노력의 총합이다. 더러 정확하지 못한 평가에 속상하기도 하고, 내가 어쩔 수 없는 단점도 있고, 오해받는 일도 생기겠지만 그 모든 것의 총합으로서 나는 복잡하고 입체적인 존재다.

살다 보면 외모를 깎아내리는 사람을 만나는 일은 막을 수 없다. 하지만 그 공격이 자존감을 훼손하도록 내버려둘지 말지는 결정할 수 있다. 사람의 본질은 타인이 아니라 스스로 규정하는 거니까. 이 글을 읽고 내 사진을 검색해본 다음 "역시 안 예쁘니까 저런 소리를 하네" 하고 단정하는 사람도 분명 있을 것이다. 그런 사람은 나의 이런 태도를 두고 정신승리라 할지도 모르지만, 나는 바로잡고 싶다. 이건 '정신의 자유' 문제라고. 자유로워지는 건 짜릿한 경험이어서 한번 느끼고 나면 그 전으로 돌아가기는 어렵다. 비록 칭찬일지라도 누군가에 대해 언급할 때 얼굴이나 외모 평가를 덜해보는 것은 우리가 함께 자유로워지는 작은 출발이 될 수 있다. 모두의 본질이 껍데기에 머무르지 않는다는 합의를 공유한 채 각자의 지향점을 향해 노력과 시간과 에너지를 쏟을 때, 우리는 아주 멀리까지 갈 수 있을 거라 믿는다.

여자 둘이 이렇게 살고 있습니다

About 김하나

"가슴이 벅차올라! 역시 진리 탐구를 게을리해선 안 되겠어!" 두꺼운 책에 고개를 처박고 있던 동거인이 얼굴을 들며 소리쳤다. 김하나는 워낙 좋아하는 것이 많고 감탄을 잘 하는 사람이라 뭔가에 빠져서 열광하는 모습을 목격하는 건 어렵지 않은 일이다. 다만 나를 어이없게 한 건, 그날 그 책, 그러니까 1700년대부터 현대까지 재능 있는 여러 여성의 삶을 관통하는 800페이지짜리 논픽션인 마리아 포포바의 『진리의 발견』(다른, 2020)을 붙잡고 자기 방 리클라이너로 꺼져 들어갈 때만 해도 이 사람이 거의 숙취로 죽어가고 있었다는 점이다.

　　나만큼이나 술 마시는 걸 좋아하지만 나보다 알코올 분해 효소가 적은 김하나는 숙취로 고생하는 날이 많은데, 그런 날에도 맑은 정신일 때의 나보다 훨씬 많은 책을 읽는다.

전날 많이 마신 다음 날은 아무것도 할 수 없기 때문에 꼼짝없이 책 읽는 것밖에 할 수 없다는, 묘하게 말이 되는 논리를 펼친다. 사실 집에서 잠자고 밥 먹거나 글 쓸 때를 제외한 대부분의 시간에 책을 읽고 있다. 일할 때는 '아, 너무 바쁘다' 하면서 팟캐스트 인터뷰 준비며 추천사를 쓰기 위한 책이나 계약된 글을 쓰기 위한 자료 준비용의 책을 읽고, 쉴 때면 '아, 이제 살 것 같다' 하면서 자유롭게 관심 가는 책을 읽는다. 좋아하는 일을 직업으로 삼은 사람의 모습이라 그럴 것이다. "작은 섬에서 열두 살짜리 소녀가 자신만의 수식을 세워 혜성을 예측하고, 관측에 성공한 거야. 너무 멋지지 않아?" 김하나가 그렇게 말할 때 마리아 미첼의 혜성 발견은 인류 역사상 가장 중대한 사건처럼 느껴진다.

집에 늘 책을 읽고, 그것에 대해 대화를 즐기는 사람이 산다는 사실은 일정한 색온도의 조명만큼이나 집 안 분위기를 결정한다. 나는 바로 가까이 있는 사람의 영향을 많이 받는 편이라 더욱 그렇게 느낀다. 늘 TV를 틀어놓고 예능 프로 보기를 좋아하거나 게임을 즐기는 사람이 곁에 있다면 같이 시간을 보내면서 그쪽으로 닮아갈 것이다. 그게 나쁜 일이라고는 생각하지 않는다. 다만 지금 우리 집의 모습이 나는 썩 마음에 들고, 그것이 김하나에게서 비롯된 부분이라는 걸 알고 있다.

　"말하자면 둘만의 문학 대학원을 다녔던 셈입니다." 잡지 에디터 출신으로 나란히 소설가가 된 강보라, 박세회 부부가 인터뷰에서 이렇게 말한 걸 봤다. 함께 사는 두 사람이 서로 좋아하는 소설에 대해 대화하고, 습작한 걸 보여주며 평을 듣고, 쓰는 과정에서 부딪치는 한계에 대해 이야기 나누면서 같이 배우고 성장하다가 한두 해 간격을 두고 차례로 신춘문예에까지 등단한 것이다. 동료로 느끼는 사람과 같이 산다는 것, 서로를 통해 확장되는 경험은 얼마나 힘이 되는 일인지. 김하나와 나는 등단 작가는 못 되고 소설 아닌 산문을 쓰지만, 우리가 같이 보내는 시간 속에도 분명 그런 배움과 성장이 있다. 대학원까지는 못 되더라도 둘만의 문화센터 정도는 되지 않을까.

　파자마를 입고 내내 책만 들여다보는 동거인이지만 밖에 나가면 제법 번듯한 진행자이고 작가 선생님이다. 번듯함의 뒤편에는 준비물을 잘 빠뜨리고 약속 시간을 헛갈리고 허둥지둥하는 모습이 있다. 그 간극은 매끄럽게 사회생활을 하는 듯 보이는 누구에게나 실상 존재하는 이격이자 가장 가까이 있는 사람에게만 들키는 작은 틈일 것이다. 프리랜서가 되고 나서 한 달에 두 번 동거인이 책읽아웃 녹음을 가는 날에는 웬만하면 나도 다른 스케줄을 잡지 않는다. 책을 읽고 이야기 나눌 내용을 정리하느라 바쁜 동거인을 대신해 입을 옷을 미리 세탁해 다려두고, 든든하게 밥도 차려주고, 되도록 다른 집안일로 시간을 뺏기지 않도록 배려한다. 물건을 두고 가서 당황하는 일이 없도록 같이 신경 쓰고, 때로 운전을 해서 스튜디오까지 태워다 주거나 실수로 두고 간 물건을 가져다주기도 한다. 벌어질 수 있는 틈을 메워주는 역할인 셈이다. 마찬가지로 내가 인터뷰를 가거나 하는 외부 스케줄이 있을 때면 동거인이 나서서 최대한 도와준다. 프리랜서인 서로가 바깥에서 매끄럽게 일할 수 있도록 매니저 노릇을 번갈아 해주는 우리의 이런 관계는 상호적이고 평등하다. 아마도 전업주부인 파트너를 두어 늘 이런 서포트를 받고 있는 사람이라면 사회생활의 출발선 자체가 다를 정도로 유리할 것이다. 그런 혜택이 일방적으로 한 방향으로만 흐른다면 관계가 건강하지 못하기도 하거니와, 그 불건강함에 대해 둔감해지기도 쉽지 않을까? 자기가 무엇을 누리고 있으며 상대방이 무엇을 베풀고 있는지 깨닫지도 못하면서 말이다.

김하나와 함께 산 지도 이제 5년이 되었다. 우리는 같이 주택담보대출을 갚아온 경제 공동체이자 (빚은 다 갚았다) 같이 강연을 하고 책을 쓰는 듀오 작가, 고양이들을 함께 돌보는 양육 파트너이다. 또한 함께 성장하는 같은 문화센터의 학우이며, 각자의 백업을 맡는 로드 매니저이다. 같이 사는 시간이 더해질수록 이 이름의 목록은 점점 다채로워질 것이다. 어떤 타이틀 속에 있건 우리 관계가 내내 평등하고 상호적이기를 희망한다.

튼튼한 끈

6 _____ 넓어지는 삶

자기만의 차

20년 전쯤 운전면허를 따서 10년 넘게 운전자로 살고 있다. 심지어 자전거 타기도 30대가 되어서야 뒤늦게 배운 나에게는, 2족 보행 이외에 가장 오래 익혀 익숙해진 자력 이동의 방식이 운전인 셈이다. 첫 차는 2008년식 기아 뉴 모닝 SLX였고, 두 번째 차는 2011년식 미니 쿠퍼 컨버터블 모델이었다. 돌이켜 보면 이 두 대의 차량과 함께한 운전의 역사가 곧 대한민국 사회에서 어른이 되는 경험의 응축이었다. 이전에는 엄두를 못 내던 비싼 금액의 물건을 고르고 구입하는 큰 소비의 즐거움에 장기 할부의 책임이 따라왔다. 차량 관리의 매 단계에서는 혹시 무지로 인해 바가지를 쓰고 있는 건 아닌지 고민했으며, 예기치 못한 사고로 가해자 혹은 피해자가 되어 다른 사람과의 분쟁에 맞닥뜨려도 봤다. 자동차와 운전이라니, 사사건건 맨스플레인을 겪기

딱 좋은 분위기도 했다. 유독 남자들은 내 차를 보면, 우리나라 날씨에서 컨버터블 뚜껑 열 날이 얼마나 되겠냐는 이야기를 했다. 누구보다 그 사실을 잘 아는 건 우리나라 날씨 속에 컨버터블을 모는 운전자 자신일 텐데 말이다. 대중교통에서 사적인 영역을 함부로 침범해오는 타인들의 무례함에서 도망친 대신 도로 위에서 더 크고 위험한 난폭함을 겪었으며, 그 틈에서 품위와 박애주의를 잃지 않으려 애쓰느라 매일 고단했다.

어른이 된다는 건, 하지만 큰 번거로움에 큰 재미가 따르는 일이다. 내 소유의 자동차는 새로운 페스티벌의 입장 팔찌 같았으며 운전자에게 서울은 다른 시공간을 열어주었다. 논현동 24시간 카페의 테라스에서 여름 새벽 커피를 마실 때, 가을 단풍을 보느라 남산 순환도로를 멀리 돌아갈 때, 밤의 강변북로에서 속도를 높이고 바람을 맞을 때 나는 내가 사는 도시를 더 속속들이 사랑하게 되었다. 넓어진 활동 반경, 언제든 혼자 움직일 수 있다는 자유로운 감각은 스스로 강해진 느낌을 주기도 했다. 강하고 자유로운 느낌이 지나친 나머지 광명 이케아가 처음 생겼을 때도 거기까지 기어이 혼자 가서는, 차 뚜껑을 열고 칼락스 수납장 조립 세트를 꽂아 넣은 채 서부간선도로를 매연을 헤치며 달려온 일도 있긴 했다. 뒷자리에 싣고서는 도저히 문이 닫히지 않았기 때문이다. 무엇보다 내 차는, 누구도 위로가 되지 않을 때 혼자 앉아 사색할 수 있는 1인석을 내어줬다. 혼자 모는 차는 혼자 사는 집과 다르게 생활에서 분리된 독립적인 공간이다. 갑갑하게 정체되어 있던 여러 고민도 운전대를 잡으면 신기하게 도로 위를 따라 흘러 움직였다. 이 모든 이야기를 약간은 아련하게 과거형으로 쓰는 건 내가 직장을 옮긴 뒤로 마을버스 통근자가 되었고, 프리랜서가 된 뒤로는 더욱 차 몰 일이 없어졌기 때문이다. 주말에 가끔 미니의 동그란 스마트키를 꽂아 넣고 야무진 엔진 시동 소리를 들으며 떠올렸다. 강남까지 매일 두 시간의 출퇴근 운전생활을 내가 얼마나 사랑하고 또 지긋지긋해 했는지, 그 오랜 양가감정을.

마흔이 되면 스스로에게 주는 선물로 세 번째 차를 사겠다고 생각한 때가 있다. 윤기가 흐르는 까만색 포드 머스탱. 잊고 있던 그 로망이 되살아난 건 얼마 전 한 관찰 예능 프로그램에서 뮤지션 핫펠트를 보면서다. "머스탱을 샀을 때 '여자들이 타는 차가 아닌데' 하는 소리를 가장 많이 들었어요." 비슷한 생각을 하는 여성들을 만나고 싶었다며 강원도의 서킷을 찾아간 핫펠트가 트랙을 질주할 때 예전의 내가 떠올랐다. 30대 언젠가의 나는 대담하고 직선적인 라인을 가진 크고 다부진 머슬카에 끌렸고, 당시로선 까마득한 나이 같던 마흔 즈음에 그런 차를 몰면 멋질 것 같다고 생각한 것 같다. 어쩌면, 여자들이 흔히 타는 차가 아니니까 그런 마음도 있었는지 모른다. 그럼 여자들이 타는 차는 어떤 걸까? 승차감이 안락하고 부드러운 세단? 운전석이 높아 시야가 확보되는 SUV? 스파크에서 내놓았던 코럴 핑크 같은 외장 컬러가 여성용의 색깔일까? 40대의 인생도 드라마틱한 차이 없이 지속된다는 걸 알지만 그때보다는 운전에도 인생에도 조금 더 능숙해진 지금 내가 생각하는 정답은 이렇다. '남자들이 타는 차만큼이나 다양하다.' 주차를 도와주는 파일럿 기능이라든가, 차를 세운 다음 시동을 꺼도 30초 정도 유지되는 헤드램프 등 여성 운전자를 콕 집어 다양한 자동차 브랜드들이 홍보하는 특장점에 대해 솔깃한 한편으로는 이런 생각도 든다. 저것들은 운전이 서투르거나 더 편하게 차를 몰고 싶은 모든 운전자에게 혜택이 될 기능이며 그 대상이 반드시 여성 운전자만은 아닐 것이라고.

　세 번째 차를 고르게 됐을 때, 내 취향은 머스탱에서 확실히 멀어졌다. 무엇보다 나 혼자 탈 차가 아니라 가족을 고려해야 하므로 문짝 두 개짜리는 탈락이었다. 그 가족이 남편과 아이들이 아니라 여성 동거인과 (케이지에 들어간) 고양이들이라는 점이 일반적이진 않겠지만. 다가올 50대에 나는 어떤 차를 원하고 또 선택하게 될까? 더 크고 더 비싼 차라면 도로 위에서 나를 '김 여사'로 깎아 내릴 준비가 된 무례한 운전자들로부터 갑옷처럼 지켜줄까? 생산과 주행 과정에서 환경에 영향을 덜 미치는지가 중요한 고려 조건이 될 것 같다. 분명한 건 자동차가 현대인에게 움직이는 '자기만의 방'이라는 점이다. 좋은 차는 여자를 좋은 곳으로 데려다준다. 다른 누군가가 아니라 오직 자기 자신의 힘으로.

다르게 사는 선택

오래 탔던 미니 쿠퍼를 처분하고 차를 바꿨다. 시승을 해보고 새 차를 고르면서 30대 때와는 기준이 달라졌다는 걸 깨달았다. 일단 문짝 두 개인 차는 걸렀다. 운전의 재미보다 편안한 승차감, 안전성과 안락한 실내 공간이 고려 대상이 되었다. 그야말로 '가족이 타는 차'를 고르게 된 것이다. 다만 보통의 가족이 남편과 아내, 보태서 아이들로 이루어진다면 우리 가족은 여자 둘 그리고 고양이 세 마리다. 동거인인 김하나 작가와 나는 번갈아 운전대를 잡고 점점 나이 들어가는 우리 고양이들을 태워 종종 병원에 간다. 우리는 같이 살면서 쓴 책 『여자 둘이 살고 있습니다』의 인세 수입으로 구입한 SUV 말고도 여러 가지 물건을 함께 사서 나눠 쓰고, 서로의 책과 음반 컬렉션을 공동의 클라우드 DB처럼 활용하며, 주방과 거실 같은 공간을 공유한다. 드라이브와 여행의 기쁨도, 책 중쇄의 성취감도, 고양이들이 아플 때의 슬픔과 돌봄 노동도 함께 나눈다. 가족은 감정의 버팀목이자 가장 작은 공유경제 단위라는 것을 경험하는 중이다.

여자 둘이 각자의 전세금을 합치고 대출을 얻어 공동 명의로 아파트를 사고 같이 사는 이야기가 담긴 우리 책을 읽은 독자들의 반응은 세대에 따라 나뉘었다. 오육십 대들은 '결혼을 안 하는 선택지도 인생에 존재하는구나' 하는 지점에서 놀라움을 표했으며, 30대 이하는 '아파트를 샀다'는 대목에 자기 일처럼 쾌감을 드러냈다. 어쩌다 보니 40대 비혼의 아이콘 비슷하게 되어버렸지만 나는 이렇게 살아보는 경험을 통해 오히려 결혼의 장점을 더 깊이 이해하기도 한다. 싱글 여성으로 20년 가까이 혼자 살면서 늘 불안하고 아쉽던 주거 안정성을 해결해보려던 새로운 시도가 가져다준 보상 때문이다. 정서적 충족은 어느 정도 예상했던 바지만, 경제적 이득은 기대보다 더 컸다.

대출금 상환이라는 공동의 목표가 주어지자 느슨했던 소비생활에 긴장이 생겼고, 빚을 갚는 속도보다 아파트 가격이 오르는 속도가 빨랐다. 생활이 안정되니 일에도 더 집중할 수 있고, 정서적으로 편안해서인지 커리어가 잘 풀리면서 수입도 올랐다. 함께 살게 된 이야기를 둘이 같이 쓴 책

자체도 결실이지만, 그 결과물이 또 여러 좋은 일들을 불러왔다. 돈을 모은 결과 집을 살 수 있게 된 게 아니라 집을 사니까 모여드는 운에 돈도 포함되는 느낌이랄까.

"너도 어서 결혼해야 돈 모으지." 자기 생활에 대한 만족을 표하며 어떤 비밀결사로 초대한다는 듯이 이렇게 말하는 기혼자들이 있었다. 겪어보니 팩트는 '규모의 경제 속으로 힘을 합칠 때 큰 효율과 시너지가 발생한다'는 거지, 그게 반드시 결혼일 필요는 없었다. 하지만 두 사람의 자본금을 모으고, 양가 부모님의 지원을 받을 수 있을 만큼 끌어오고, 대출을 매달 갚아나가는 의무 속에 스스로를 묶어보는 과정이 한국에서는 많은 경우 결혼과 결부되어 벌어진다. '결혼하고 싶다'는 한국 여성의 욕망을 뜯어보면 '원가족에서 독립하고 싶다' '더 넓은 주거 공간을 갖고 싶다' '아파트에서 살고 싶다' 등의 바람과 복잡하게 뒤섞여 있는 걸 본다.

책이 나오고 했던 여러 차례의 북토크 가운데, 등에 업은 아기까지 아이 셋을 데리고 온 어느 여성이 있었다. 두 아이가 뛰어다니고 아기는 울음을 터뜨리면서 장내가 소란해지자 남편이 셋을 다 데리고 강의실 밖으로 나갔다. 질문을 하겠다고 손을 든 그 여성은 아기가 태어난 지 9개월 만에 처음으로 혼자 있어본다고 했다. 아이들을 여럿 낳아 키우게 되면서 회사를 그만두고 육아와 가사만 전담하고 있으며, 남편은 직장일이 더 바빠져서 새벽에 나가 밤늦게 들어온다고 했다. 그 여성은 말했다. "저는 두 분과 다르게 제때 결혼해서 정상가족을 이뤘지만…."

'정상가족'이라는 단어가 그때처럼 공허하게 느껴질 때가 없었다. 나는 그가 자기 삶을 비교할 대상이 나 같은 싱글이 아닌, 자신의 남편이어야 한다고 생각했다. 아이 셋을 낳아 키운다고 직장을 그만두는 남성이 있던가? 애가 셋이라고 9개월 동안 혼자의 시간을 갖지 못하는 아빠가 있던가? 가족을 유지하기 위해 남성들이 개인 커리어에서 바꾸고 희생하는 부분이 뭐지? 가정의 '정상성'이란 왜 늘 여성의 일방적인 희생과 헌신으로 만들어질까?

나는 그저 하고 싶은 것을 하고 타협하지 않으며 나답게 살기 위한 선택을 해왔을 뿐인데 어느새 '정상가족' 바깥에서 살고 있다. 결혼해 살아보지 않았으니 내 경험에도 당연히 한계가 있지만, 지금의 삶이 내게는 충분히 만족스럽다. 가족을 꾸린다는 건 정신적으로나 물질적으로나 힘이 되는 든든한 일이다. 그렇기에 자신이 무엇을 원하는지, 어떻게 살고 싶은지, 그리고 그것을 가능하게 해줄 동반자는 어떤 자질과 품성, 삶의 규율과 태도를 가져야 할지 세밀하게 쪼개서 생각해봐야 한다. 쪼개고 쪼개서 들어가 보면 그런 사람이 존재하지 않을 수도 있다. 만날 때까지 오래 기다려야 할지도 모른다. 혹은 진짜 필요한 것은 결혼이 아니라는 답이 나올 가능성도 있다. 그렇다면 다르게 사는 선택지도 있다. '정상가족'에 대한 막연한 동경 혹은 의무감으로 낙관에 차서 돌진했다가 깨어지고 아픈 쪽은 분명 여성에게서 많이 보인다.

차 얘기로 돌아가 보면, 처음 보험 견적서가 오갈 때보다 결국 수십만 원 오른 금액을 지불하게 되었다. 내 이름을 보고 남자인 줄 알고 '부부 운전자 한정' 견적을 뽑았다가 부부가 아니라고 하니까 갑자기 금액 산정이 달라진 것이다. 운전 경력을 합하면 40년이 훨씬 넘는 여자 둘이 차를 모는데 왜 같은 조건의 부부보다 덜 안전하다고 간주되는지 알수가 없다. 이거야말로 좀 '비정상' 아닌가?

누구의 가족이 아니어도

얼마 전 대형 서점에 재고 문의를 위해 전화를 걸었다가 연결 대기 중 이런 안내 멘트를 들었다. "상담원에게 폭언을 하지 마세요." 군더더기 없이 담백한 직설화법이 오히려 신선하게 느껴졌다. 같은 내용을 전달하기 위해 전혀 다른 방식을 취했던 어느 공익광고 영상을 기억하고 있었기 때문이다. 통화 연결음을 상담원 가족들이 직접 녹음하는 캠페인이었다. "지금 전화를 받는 상담원은 착하고 성실한 우리 딸입니다", "제가 세상에서 가장 좋아하는 우리 엄마가 상담해 드릴 거예요" 이런 내용이었다. 대부분 여성인 상담원들의 아버지나 자녀가 등장한 이 캠페인의 실행 이후로 상담원에게 부정적인 감정을 던져놓거나 욕설을 하는 사람들이 큰 폭으로 줄었다고 한다. 누군가에게 함부로 대하려다가도, 그 사람을 소중하게 여기는 가족들을 떠올리고 멈출 수 있다면 다행스러운 일이긴 하다. 그러나 실효가 있다는 데 대한 반가움과 별개로 이런 기획에 대한 씁쓸함도 남았다. 여성은 가족이라는 울타리 안에 존재할 때만 소중한 존재인가? 전화를 받는 것은 상담원의 업무인데, 공적인 직무의 과정에서 받아야 할 당연한 존중과 보호를 위해 왜 가족이라는 사적인 관계를 끌고 와야 할까? 이렇게 연출되는 훈훈함이 '정상가족'에 대한 이상화를 공고히 한다는 점 또한 불편했다. 세상에는 가족이 없이 혼자인 사람도, 가족에서 분리되기를 결정한 사람도 있으며, 더 심각하게는 가족으로부터의 폭력에 시달리는 사람도 적지 않다. 소중히 여기는 가족이 없는 사람이라도 그저 자기 자신으로서 소중한 존재다. 일하면서 폭언을 듣지 않아야 하는 건 누구에게나 당연하다.

여성들은 공적인 자리에서도 종종 사적인 관계 속의 존재로 치환되고 축소된다. 똑같이 독립운동을 해도 남성들은 '열사' '의사'의 칭호를 받을 때 왜 언제나 유관순 '언니' '누나'였을까? 자기 분야에서 굉장한 업적을 쌓은 여성 전문가나 예술가들도 나이가 많으면 '할머니'라는 타이틀로 불린다(주요 일간지에서 루스 베이더 긴즈버그에 대한 기사 타이틀을 '미국 대법관 할머니'로 뽑은 걸 보고 기절할 뻔했다. 아마 아네스 바르다였다면 '프랑스 영화감독 할머니'였겠지?). 이번 서울시장 보궐 선거에서는 여성 후보에 대해 상대 진영 후보가 '도쿄에 아파트 가진 아줌마'라고 언급하는 일이 있었다. 중년 여성을 낮춰 부르는 아줌마라는 호칭은 여성들을 공격할 때면 일단 튀어나오는 말이라 놀랍지도 않은데, 더 어이없는 건 같은 당의 선거 대책 위원장이 돕느라고 한 말이었다. "엄마의 마음으로 아이를 보살피는 마음가짐, 딸의 심정으로 어르신을 돕는 자세를 갖춘 후보입니다." 능력과 성취를 부각해야 할 정치인에게조차 낡은 성역할의 프레임을 씌운다. 이렇게 공적인 영역에서도 여성의 이름과 직함을 제대로 호명해주지 않고 사적인 관계망에 가두는 것은 가부장제 사회의 오래되고 나쁜 습관이다. 여성을 일하는 개인으로 분리해서 바라볼 줄 아는 현대적 시각이 훈련되지 않은 것이다.

비슷한 쓸쓸함을 느끼는 건, 여성이 피해자인 폭력이나 성범죄 사건에 대한 사람들의 반응을 볼 때다. '내 여동생이나 누나에게 이런 끔찍한 일이 생긴다면 참을 수 없다'는 식의 댓글을 자주 접한다. 남성들 자신이 겪을 만한 사건은 아니기에, 이렇게 자기 가족의 일로 대입이라도 해보며 여성 대상 범죄의 잔혹함에 같이 분노하는 건 고마운 일이다. 그러나 내 가족 가운데에 여성 구성원이 없어도 공감하고 화낼 수는 없는 걸까? 단지 그 사건이 끔찍하기 때문에, 인간의 존엄을 침해하는 참담한 일이기에, 피해자들이 너무나 고통스러우니까 같은 이유만으로는 부족한 걸까? 같은 사람으로서 그런 일을 겪는 사람이 없기를 바라는 마음으로, 더 나은 세상을 바라는 시민 사회의 동료 구성원으로 함께 싸워줄 수는 없을까?

가족보다 먼저 개인이 있다. 가족 형태가 다양해지는 시대 변화의 흐름은 구성원들의 개별성이 점점 더 강해지는 쪽을 확연히 향하고 있다. 누군가의 딸이, 엄마가, 아내가 아닌 여성도 얼마든지 존재하며 점점 늘어날 것이다. 그런 상상력을 기반으로 여성 개인을 대하는 일은 예의의 영역이기도 하거니와 정확한 현실 인식에도 가까울 거다. 그리고 누군가의 딸이나 아내, 엄마나 누나나 여동생이라는 이유로가 아니라 사람이니까 당연히 서로 존중하고 존중받기를 바란다. 그렇게 여성이 여성이라서 겪는 차별과 폭력이 줄어든다면 어떤 개인이라도 살기 좋은 세상에 가까워질 것이다.

현재진행형의 재테크

어른들은 과거완료 시제를 남발하는 사람들이었다. 특히 돈 얘기를 할 때 그랬다. "그때 아파트를 샀었어야 하는데 빌라를 샀어." "잠실 주공이 1억 원일 때 살 수 있었는데." "돈이 좀 있었으면 강릉에 땅을 사놨어야 했어." 과거의 놓친 기회에 대한 회한이 다양한 조동사에 담겨 튀어나왔다. 나는 그런 어른은 되고 싶지 않았다. 자꾸만 어정쩡한 자세로 뒤를 돌아보는 사람이 멋있기는 어려우니까. 하지만 기회를 붙잡아 부자 어른이 되는 길은 더 멀어 보였다. 잡지사에서 20년을 일한 내 주변에는 대체로 숫자에 약하고 쇼핑에 강한 사람들이 많았다. 나 역시 꼬박꼬박 적금으로 모은 돈을 전세금에 묻어두는 것 외엔 다른 재테크를 모르고 살았다. 그런데 어쩌자고 주식을 시작하게 됐을까? 뉴스에서 분석하는 보통 사람들, 그러니까 '동학 개미'와 비슷하다. 코로나19 이후 주식 가격이 폭락했고, 금리는 너무 낮았다. 카카오뱅크에서 1만 원을 입금해준다는 미끼 이벤트에 솔깃해서 어느 날 주식 계좌를 만들었다. 마침 코로나 시국으로 미팅이나 촬영이 취소되어 시간도 많아졌기에 짬짬이 SNS 하듯 모바일 주식 앱을 열어 이것저것 사고 팔아봤다. 고인 물처럼 정체되어 있던 사회적 거리두기의 기간 동안, 오르내리는 그래프와 쉼 없이 바뀌는 숫자를 바라보는 일이 뜻밖의 외부 자극이 되었다.

주식을 시작하자 보고 듣는 모든 것에 새로운 프레임이 생겼다. 산업을 소비자가 아니라 투자자의 눈으로 바라보게 된 것이다. 인스타그램에서 캐릭터 마케팅을 잘하는 브랜드를 눈여겨봤다가 주식을 사고, 트위터에 유행하는 레서피의 조미료를 만드는 브랜드 주식을 샀다. 코로나로 인해 온라인 쇼핑을 많이 하게 되니 전자 결제 업체 주식도 매수해봤다. 사실 뭘 사도 오를 때였다. 소심한 성격 탓에 소액으로 여러 종목에 투자한 만큼 아주 큰 수익을 내지는 못했지만 내 예측이 맞아떨어진다는 쾌감, 눈으로 보이는 숫자가 주는 성취감이 컸다.

그러나 주식은 게임이 아니고 나는 천재가 아니다. 예상대로 되어가지 않아서 손실을 본 종목도 여럿 생겼다. 주식 관련 책들을 보면 "무릎에서 사서 어깨에서 팔아라"라는 말이 자주 나오는데, 참 아이러니하다. 정작 그래프 속을 통과할 때는 어디가 무릎인지 어깨인지 안 보이기 때문이다. 돈을 잃은 두려움도 더 큰 돈을 탐하는 욕심도 시야를 어둡게 한다. 무엇보다 주식 관련해서 내가 가장 공감하게 된 말은 자주 인용되는 마이크 타이슨의 명언이다. "누구나 그럴 싸한 계획을 가지고 있다. 처맞기 전까지는."

주식에 대해 부정적인 사람들은 대체로 두 종류인 것 같다. 주식은 변동성이 크기 때문에 손해를 보기 쉬우니 조심하라는 의견, 그리고 주식은 불로소득이니 노동이 아닌 자본소득에 의존하는 것이 옳지 않다는 주장. 첫 번째 이야기는 새겨듣지만 두 번째 이야기는 동의하기가 어렵다. 수명은 점점 길어지고 고용은 유연해지는 세상 속에서 정말 운 좋은 사람이라 해도 노동만으로 몇 살까지 먹고 살 수 있을까? 수입이 불안정한 프리랜서인 나는 조금씩 자본소득을 늘려가야 한다고 느끼고, 주식은 그 가운데 한 방법이다.

주식을 해서 적지 않은 돈을 벌었다. 초저금리 시대에 나쁘지 않은 성과지만, 거기 들어간 내 시간과 노심초사의 가치를 따져보면 과연 남는 장사인지 잘 모르겠을 때도 있다. 나처럼 겁이 많은 사람은 큰돈을 잃을 일은 없지만, 아주 큰돈을 벌 일도 없다는 걸 깨달았다. 이제는 장기 투자할 종목 위주로 포트폴리오를 정리한 다음 일희일비를 떠나 오래 묻어두려고 한다. 장이 열려 있는 오후 3시 40분까지 자꾸만 증권사 앱을 들여다보는 어른도 별로 멋있지 않은 것 같아서다.

노동 소득 외에 재산 소득의 구조를 안정적으로 만들어두어야 하는 건 은퇴가 다가올수록 강하게 느낀다. 더 이상 내가 일할 수 없을 때에 대비해 내 돈을 일하게 해야 한다는 건 분명하다. 그런데 주식은, 일을 시켜놓고서 감시하는 에너지가 크다. 감시를 덜 해도 되는 방식도 있는데, 내 경우 조그만 빌라를 사서 받고 있는 월세가 그렇다. 13년 넘게 다닌 회사를 그만두고 퇴직금을 받았을 때, 이건 함부로 쪼개거나 건드리지 말아야겠다는 강한 예감이 왔다. 그냥 목돈이 아니라 열심히 살았던 내 30대의 시간이었기 때문이다. 전세를 끼고 구입한 빌라 임대료를 연간으로 따지면 수익률은 5.4%. 주식보다는 한참 낮지만, 잊어버릴 만하면 통장에 입금되는 월세가 안정감을 준다. 잊어버려도 되는 자유가 달콤하다. 조금씩 월세 소득 액수를 높여가는 게 지금의 내 목표다.

주식이든 부동산이든 경매든, 재테크는 자신의 성격과

그릇과 여건에 맞추어 해나가면 된다. 그러려면 일단 목돈을, 여윳돈을 손에 쥐기 위해 당장의 욕망을 참아도 봐야 한다. 작은 손실을 감당해보는 경험도 필요하다. 언젠가 은퇴후에 나 대신 돈이 일하도록 관리하는 게 주 업무가 될 테니, 밑천도 마련하고 연습도 해두어야 할 것이다. 바짝 벌어 일찍 은퇴하는 파이어족도 있다지만 나는 그날을 최대한 늦추고 싶다. 내 일을 집중해서 잘 해내는, 일하면서 자꾸 새로워지는, 그래서 현역으로 더 오래 일하는 어른이고 싶다. 과거완료보다는 현재진행형의 인생이 내게는 진짜 같다.

당근마켓의 기쁨과 슬픔

"혹시… 당근이세요?"

이때 '당근'은 명사다. 지하철역 출입구나 버스 정류장에서 눈이 마주친 사람에게 다가가 암호처럼 건네며 당근마켓 거래를 하러 나온 사람이 맞는지 확인하는 인사말.

"나 지하철역 가서 당근하고 올게."

한편 이때 '당근하다'는 동사다. 지역을 기반으로 한 개인 간의 상거래 플랫폼 당근마켓은 이제 오프라인 중고 물품 직거래를 의미하는 보편적 단어로 쓰인다. 당근마켓은 2020년 한국인이 가장 자주 사용하는 앱 가운데 유튜브 다음으로 순위가 높았다. 온라인 쇼핑몰을 포함한 유통 채널 앱 중에는 실행 횟수와 체류 시간에서 1위였다. 나 역시 그 순위를 높이는 데 크게 기여한 사람 중 하나다. 당근마켓에서는 활발하게 거래를 하고 다른 사용자들에게 좋은 평가를 받으면 일종의 친절 지수인 '매너온도'가 점점 올라가는데 36.5에서 출발한 내 점수는 이제 53도를 넘겼다.

친구들을 만나는 횟수보다 당근마켓 직거래 약속이 월등히 많아진 건, 주식을 시작한 시기와 겹쳤다. 그러니까 코로나 이후에 집에 머무르는 시간이 길어지면서다. 정리에 들일 시간 여유가 생겼고, 잡다한 물건을 사고 소유하는 재미보다 푼돈을 모아 늘리는 실감이 짜릿했다. 중고 거래 앱을 활발하게 사용하다 보니 소비에 대한 감각도 조금 달라졌다. 포장을 뜯지도 않은 향수며 한때 유행했지만 이제 철지난 '잇백'들이 개인끼리 거래되는 모습은 자본주의 소비자로 평생을 보내며 익숙하게 부풀어온 나의 허영심에서 바람을 빼주었다. 화려한 조명을 받은 고해상 광고 비주얼 대신 형광등 아래 장판 위에서 휴대폰으로 찍힌 제품 사진을 볼 때면 정신이 드는 것 같았다. 내가 지불하던 가격 속에 포함된 판타지의 적잖은 비용을 깨닫는 자각이었다.

당근을 하다 '반값 택배'라는 걸 처음 알게 되었다. 서로 비대면을 선호하는 사람들과 만나지 않고 우편으로 물건을 보내고 받는데, 집 근처 편의점을 수령지로 지정하면 절반 정도의 비용으로 택배 거래를 할 수 있는 것이다. 당근마켓 자체도 알뜰한 구매의 방식인데 조금 더 부지런하면 거기서도 몇 천 원을 아낄 수 있다. 적극적인 흥정 뒤에 물건을 사러 나오는 사람이 벤츠 E클래스 운전자라던가 하는 경우를 보며 부의 기준에 대해 함부로 짐작하기 어렵다는 생각도 든다. 사람마다 소득의 수준과 소비의 수준, 돈을 쓰고 아끼는 품목이 모두 다르기 때문이다. 대체로 다들 낭비 없이 열심히 살고 있는 모습에서 배우고, 내가 낭비하던 시대에 마구 사들인 적폐의 흔적들을 내다 팔며 또 크게 배운다.

요즘은 단순히 돈을 아낀다는 점 외에 환경의 관점에서도 중고 거래에 뿌듯함을 느낀다. 너무 많은 물건을 생산하기 위해 너무 많은 자원을 사용하며 환경을 망가뜨리는 시스템에 기여해왔다는 자각과 죄책감이 점점 커진다. 세상에 새 물건을 하나 내놓기보다 기왕 생겨난 물건이 더 오래 살아남으며 유통되게 하고 싶다는 생각이다. 그렇게 나도 덥석 새 물건을 사는 대신 비슷한 헌 물건을 들이거나, 쓰지 않던 내 물건에 새 주인을 찾아주는 일이 기쁘다. 내 취향이 아니라 사용하지 않던 찻잔을 내놨다가 바로 판매되었는데, 그 후에 소서를 찾았다. 천 원을 추가해서 같은 구매자에게 세트로 팔았는데 정말 여러 번 고맙다는 인사를 들었다. 내게 쓸모없던 물건이 누군가에게 가서 생명을 찾는 장면을 보며 돈을 떠난 보람과, 약간의 인류애를 느꼈다. 한창 활동량이 없을 때는 당근 거래를 위해서라도 밖에 일부러 나가 걷는 일이 도움 되기도 했다. 환경에도 나 자신에도 좋은 활동이라는 것이 이 앱을 열심히 사용하는 나의 입장이다.

그런데 사용하지 않는 물건을 처분하면서 홀가분해지는 쾌감 이면에 당근마켓을 하며 느끼는 부정적 감정도 있다. 내놓은 물건이 팔리지 않아서는 아니다. 가격을 낮추거나 몇 번 끌어올리면 언젠가는 필요로 하는 사람이 나타나고, 그렇지 않으면 무료 나눔이나 기부를 하면 된다. 판매 목록을 올리는 일이 수고롭기는 하지만 집에 빈 공간이 생기는 기쁨과 상쇄될 만하다. 물건을 보기 좋게 정돈하고, 멋져 보이되 실물을 과장하지 않는 현실적인 사진을 찍고(사진발에 혹해서 구매했다가 실제 상태와 다르다는 컴플레인을 받아서도 안 되니까), 최대한 설득력 있게 설명을 써서 올린다. 이럴 때는 제품 사진 설명을 글로 많이 써본 (잡지에서는 캡션이라고 부른다) 에디터 시절 경험이 도움 된다.

당근의 슬픔은, 그보다 나와 가치관이나 일하는 방식이 다른 사람들과 일을 할 때 느끼는 스트레스와 유사했다. 실명이 아닌 사람과 커뮤니케이션을 통해 약속을 정하고 직접 만나기도 하고 돈이 오간다는 것. 당근마켓은 아마 현대 한국인에게 업무가 아닌데 일에 가장 가까운 어떤 것이 아닐까? 그리고 다른 사람과 함께 하는 일은 언제나 괴로움이 따른다.

내게 스트레스가 되는 상황은 이런 경우들이다. 우선 다짜고짜 인사 한마디 없이 "팔렸나요?" 묻는 사람들. "시장에서 물건 살 때도 안녕하세요, 하지 않고 가격부터 물어보잖아. 그런 거 아닐까?" 동거인의 해설에 그렇게 선의로 이해해본다. 혹은 "안녕하세요!" 말만 걸어놓고 용건으로 들어가지 않는 사람들. 이러면 상대방은 다음 대화가 어떻게 이어질지 내내 기다리게 된다. 자신에게 말 걸지 말라며 '방해 금지 시간'으로 설정해둔 새벽에 다른 이에게는 채팅을 거는 사람도 있다. 나를 방해하는 것은 싫지만 나는 방해하겠다? 계좌 번호를 물어본 다음에 입금 직전 이름을 확인할 때, '님' 자를 붙이지 않는 경우, 약속 시간이 되어서야 개인적인 일이 있다며 취소하는 사람, 실물을 보고 마음에 들지 않는다며 거래를 파기하거나, 신발이 맞는지 신어보고 나서 결정할 테니 일단 만나자는 사람들까지 다양하다. 쓰면서 돌아보니 나를 화나게 하는 상황에 일관성이 보인다. 주로 자기 돈을 아끼면서 남의 시간을 허투루 여기는 거래자들이다.

작은 무례함에 마음 상할 때가 있다면 거꾸로 상대방이

너무 공손한 말투를 사용하며 나의 편의를 살펴주어서 마음
이 편치 않을 때도 있다. 이런 경우 십중팔구 약속 장소에 가
보면 신입사원 정도로 보이는 어린 여성이 나와 있다. 프로
필을 가려놓더라도 특유의 예의바르고 배려 넘치는 태도,
혹은 거꾸로 무례하고 거친 태도에서 특정 성별 특정 나이
대를 유추하기 힘들지 않다는 건 조금 씁쓸한 일이다.

당근님과 스타일이 좀 맞지 않아도 체념하고 빨리 잊으
려 한다. 지속적으로 만날 관계들이 아니라는 사실이 나를
너그럽게 만든다. 나 역시 평소의 나와는 다른 페르소나를
만들고 보여준다. 둥글둥글 친절하고 싹싹하게, '쿨거래'라
는 공동의 목표를 달성하기 위해. 일하면서 별별 사람들을
다 겪어본 경험이 당근에도 도움이 된다.

『천자문』이 가르쳐준 진짜 깨달음

지난여름부터 『천자문』 공부를 하고 있다. 4자씩 의미를 이루는 한자 어구를 하루에 2세트, 그러니까 여덟 글자씩 써보며 익힌다. 회사를 그만두고 생긴 여유 시간을 잘 활용하고 싶던 차에 한자 공부를 해보자고 정했다. 우리의 언어 환경이 한자문화권이기도 하고, 혹시 나중에 중국어를 배우고 싶을 때도 연결되지 않을까 싶었다. 서가에 오래 꽂혀 있던 『천자문』 책을 찾아 펴자 김하나 작가도 테이블 맞은편에 자리를 잡았다.

　　두 사람만 함께 살아도 단체생활이라 여러 가지 규칙이 생겨난다. 나 혼자라면 금세 권태기가 와 포기했을 텐데, 함께하는 사람이 있으니 어느새 규칙이 우리를 끌어갔다. 아점 먹은 걸 치우고 커피 물을 끓일 때면 누구 하나가 자연스럽게 A3 이면지와 만년필을 꺼내고 있는 것이다. 중간에 해

외 출장을 다녀오면서 휴지기를 갖거나 업무가 너무 많아
건너뛴 적도 있지만 아프거나 바빠도 그만두지 않고 이어온
건 책임감 반, 자존심 반이다. 팀플에서 적어도 나 때문에 망
하게 하진 않겠다는 마음이라고 할까. 하루에 삼사십 분씩,
그렇게 어느새 백일을 훌쩍 넘겼다.

　『천자문』공부가 재미있을 수 있는 건 이게 절실하지
않아서다. 능력 검정 시험을 보려는 것도 아니고 업무에 필
요해서 익히는 것도 아니다. 천하에 쓸데없는 공부는 부담
도 스트레스도 주지 않는다. 그런데 이렇게 무용한 교양을
배우고 익히는 일이 꽤나 즐겁다. 술을 마시지 않고도 재밌
게 놀 수 있고 돈을 쓰지 않으면서도 럭셔리를 누리는 방법
을 찾은 기분이다. 사물의 모양을 본뜨거나 다른 글자 여럿
을 결합한 한자의 어원을 짚어나가는 부분은 특히 흥미로
운 부분이다. 예를 들어 '예술'에 쓰이는 재주 예(藝) 자는 나
무를 심는 사람의 모습에서 발전되었다고 한다. 정원을 가
꾸는 행위가 예술적 재주의 원형과 닿아 있다니 멋지지 않
은가. 이런 식으로 한 글자씩 써나가다 보면 두뇌에서 평소
에 잘 사용하지 않아 굳었던 세포들이 기지개를 켜는 느낌
이 든다. 규칙적인 운동이 단지 다이어트를 위해서만 의미
있는 게 아니라 몸에 에너지를 주고 유연하게 만들듯, 규칙

적인 공부는 시험에 쓰이지 않더라도 뇌에 활력과 탄력을 공급한다. 교훈을 얻게 되는 어구들도 제법 있다. '망담피단 미시기장(罔談彼短 靡恃己長), 남의 모자란 점을 말하지 말고 나의 좋은 점을 믿지 말라'는 내가 특히 좋아하는 부분이다. '축 화혼(祝 華婚)' 같은 간단한 한자어를 외워 직접 써서 부 조금을 건넬 수 있게 된 것도 즐거움과 동시에 작은 뿌듯함 을 준다.

『천자문』을 읽다 보면 흐름이 보인다. 하늘 땅 별과 우 주같이 거대한 천체를 바라보며 기술하던 시선은 계절의 절 기, 기상 현상과 농작물들 같은 자연으로 이동했다가 문자 를 지어내고 옷을 만들어 입는다는 인간 문명을 향해 나아 간다. 현대 사회의 복잡함이 생겨나기 전 농경 시대, 단순한 삶의 조건에 대해 생각해보기도 하며 그 관점의 이동이 흥 미롭다고 생각했다. 공부 21일차에 처음으로 계집 녀(女) 자 가 등장하기 전까지는 그랬다.

『천자문』에서 여성이 처음으로 등장한 내용은 다음과 같다. '여모정렬 남효재량(女慕貞烈 男效才良).' 여자는 곧은 절개를 사모해야 하며, 남자는 어질고 재능이 뛰어난 사람 을 본받아야 한다는 뜻이다. 남자들에게 높은 이상을 부여 할 때 여자에게 주는 목표는 남편에 대한 정조를 지키라는 것이다. 이후에 나오는 부창부수(夫唱婦隨)는 남편이 이끌고 아내가 따른다는 뜻으로 일단 부부 가운데 리더 역할이 남자에게 가 있는데, 지아비 부는 생긴 모양을 봐도 큰 대(大) 위에 한 일(一) 자를 합해서 만들어진 게 선명하다. 심지어 하늘 천(天)이랑도 닮았다. 반면 지어미, 며느리, 아내의 뜻으로 쓰이는 부(婦)는 여자가 손에 빗자루를 들고 청소하는 모습을 표현했다고 한다. 이 대목을 공부하면서 나는 큰 충격을 받았다. 크고 선명하게 하나뿐인 남자 곁에서 지어미, 며느리, 아내는 일꾼 취급을 당하고 있었다.

이때 그만두지 못하는 바람에 그 뒤에도 첩과 본처가 함께 길쌈을 하며 수건을 들고 시중을 든다느니, 정실에게서 태어난 아들이 대를 잇고 제사를 지낸다느니 하는 헛소리들을 한참 더 익혀야 했다. 글자만 옛날 것이 아니라 거기에 담긴 사상도 놀랍도록 낡았다는 걸 발견했다.

125일을 채워『천자문』을 마치면『명심보감』,『논어』를 읽어보거나 라틴어 공부를 해볼까 했지만 지금은 마음이 바뀌었다. 그 속에는 과연 여자가 있을까? 있다면 빗자루를 들고 청소를 하고 있을까? 수건을 들고 시중을 들고 있을까? 남자에게 정조를 지키는 게 최고의 가치라고 배우고 있을까?『천자문』을 떼고 난 책걸이로는 책을 불태우는 퍼포먼스가 마땅할지도 모르겠다.

　세상의 얼마나 많은 고전이, 그 고전이 쓰인 언어 자체가, 학습서가, 법률이나 헌법이 권력을 가진 남성에 의해 만들어졌을지 생각하면 아득하다. 그 언어를 통해, 그 문헌을 보며 교육하고 연구하는 과정에서 역시 여성이 배제되면서 그 오랜 격차가 마치 개인의 능력차처럼 여겨져 오기도 했다. 여성을 차별하면서 어떤 사람들은 근거를 이렇게 댈지도 모른다. "그거 원래 그래, 『천자문』에도 그렇게 나와 있잖아." 나는 이제 내가 공부한 것을 근거로 싸울 수 있을 거 같다. "응, 『천자문』 그거 어느 옛날 남자가 써서 그래." 사람은 역시 배워야 한다.

서로가 서로에게 좋은 일이 되어주자

영화 〈노팅 힐〉에는 친구들이 모여 생일파티를 하던 중 한 조각 남은 브라우니를 놓고 서로 자기가 먹겠다며 다투는 장면이 있다. 마지막 브라우니는 가장 안쓰러운 사람의 몫으로 하자며 각자의 불운을 겨룬다. 재방송을 자주 해주는 이 영화를 우연히 볼 때마다 내 마음은 다른 로맨틱한 신(scene)보다 이 장면에서 유독 녹진해진다. 자기 연민에 빠지지 않으면서 질병이나 가난, 이혼 같은 서로의 처지를 이야기하고 스스로를 농담의 소재로 삼는다. 근사한 삶을 사는 것처럼 보이는 이들에게도 힘든 일은 벌어진다는 사실을 담담하게 수긍한다. 여전히 진행 중인 각자 삶의 문제들을 끌어안고 모인 저녁이지만 곁에 친구들, 좋은 대화, 달콤한 브라우니가 있다.

　누가 더 힘들었는가 하는 배틀이 의미 없는 한 해를 보

냈다. 누가 더라고 할 수 없이 지구인 모두에게 잔인한 시간
이었으니까. 가벼운 불안과 걱정들을 마스크처럼 두르고 살
게 된 건 나만의 변화는 아닐 것이다. 생활이 가라앉는다 싶
을 때 털어버리고 에너지를 충전할 기회도 부족했다. 사람
들과의 모임, 다니던 운동, 좋아하는 공연이 취소된 동안 삶
의 영역이 쪼그라드는 기분이었다. 비행기를 타고 멀리 다
녀오는 물리적 여행이 불가능해진 것 이상으로 정신적으로
누릴 수 있는 자유의 범위가 축소된 갑갑함이 컸다. 수입이
줄거나 직장이 문을 닫은 친구, 올해 태어난 아기에게 몇 달
동안 할머니들 얼굴을 보여주지 못한 친구 앞에서는 이런
갑갑함을 토로하기도 머쓱하다.

　나에게만 벌어진 고유한 사건 사고도 적지 않았다. 다
써놓은 여행 책은 코로나 때문에 빛을 보지 못했고, 트위터
에서는 사이버 불링을 당했고, 11년 함께 산 고양이가 세상을
떠났으며, 엄마는 인공관절 수술을 받느라 한 달 정도 입원
을 했다. 일에서의 큰 성취도 있었지만 큰 스트레스가 따랐
다. 처음 시도해본 모바일 플랫폼에서의 인터뷰 시리즈 '멋
있으면 다 언니'는 카카오페이지 비소설부문 최초로 30만
뷰를 넘겼고, 독자들이나 콘텐츠 업계 종사자들로부터도 긍
정적인 피드백을 받았다. 하지만 댓글을 확인하는 뿌듯함과

즐거움의 뒤로는 뭔가 오보나 사고가 있지 않을까 신경이 극도로 뾰족해졌다. 연재 기간의 막바지에는 마라톤 후반 레이스처럼 에너지가 고갈됨을 느꼈다. 일상을 유지하는 일에도 어느 때보다 더 힘이 들어서 한 시간 일을 하면 두 시간 침대에 누워야 하는 날들이 적지 않았다. 몸과 마음이 노화하는 속도가 점점 빨라졌다.

거세게 불어오는 올해의 폭풍 속에서도 작은 촛불처럼 빛나던 순간들을 떠올린다. 고양이를 화장하고 돌아오던 날 죽을 쑤고 밥을 포장해 와 함께 울어주던 친구들. 락다운 된 뉴욕에서 고립되어 혼자 생일을 맞은 친구에게 영상 통화를 걸어 우쿨렐레와 리코더로 '해피 버스데이'를 연주해주던 일, 불링을 당할 때 나를 변호하고 싸워주던 동거인의 존재, 엄마가 수술실에서 나올 때 느꼈던 안도와 감사…. 프로젝트를 마치고 함께 일했던 사진가 정멜멜에게 편지를 쓸 때 그런 줄도 모르고 있던 내 마음이 문장이 되어 나왔다. "올해의 힘든 일들 속에서 우리가 함께 만들어낸 근사한 것들을 기억하자."

불행은 밖으로부터, 불가항력적인 힘으로 닥쳐온다. 팬데믹으로 인한 세계의 변화, 예측할 수 없는 사고와 준비되지 않은 이별, 혹은 자연스럽지만 낯선 노화나 질병의 영역에 속한 것들 말이다. 내년이나 내후년이 되어도 아마 나쁜 일이 다양한 형태로 닥쳐오는 걸 막을 수는 없을 것이다. 반면 행복이라고 부르기에도 너무 작고 소중한 반짝임들을 떠올려보면 다른 사람이 호의로 나에게 건네주거나 내가 다른 이에게 다가가려는 노력으로 애써 피워낸 빛들이었다.

앞일을 계획하지 않게 된 것도 코로나 이후 생긴 변화다. 언제든 다시 친구들과 브라우니를 앞에 두고 마주앉을 수 있다면, 이런 시간을 견디고 적어도 함께할 수 있다는 것을 한껏 축하해야 할 것 같다. 내년에는 또 그 이후에는 우리가 어쩌지 못하는 무슨 나쁜 일들이 생길까, 그럼에도 불구하고 함께 있자, 우리가 애써 좋은 순간들을 발명해내자, 서로가 서로에게 좋은 일이 되어주자고.

사랑한다고 말할 용기

목숨 걸지도 때려치우지도 않고, 일과 나 사이에 바로 서기

초판 1쇄 발행 | 2021년 11월 25일
초판 9쇄 발행 | 2023년 4월 14일

지은이 | 황선우
발행인 | 고석현

발행처 | (주)한올엠앤씨
등록 | 2011년 5월 14일

주소 | 경기도 파주시 심학산로 12, 4층
전화 | 031-839-6805(마케팅), 031-839-6814(편집)
팩스 | 031-839-6828
이메일 | booksonwed@gmail.com

* 책읽는수요일, 라이프맵, 비즈니스맵, 생각연구소,
  지식갤러리, 스타일북스는 ㈜한올엠앤씨의 브랜드입니다.